大展好書　好書大展
品嘗好書　冠群可期

# 電人M

江戸川亂步

品冠文化出版社

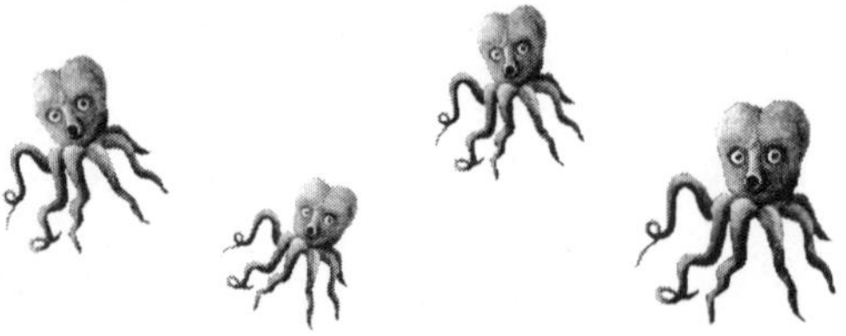

# 目錄

# 電人M

少年偵探㉓

# 電人M

江戶川亂步

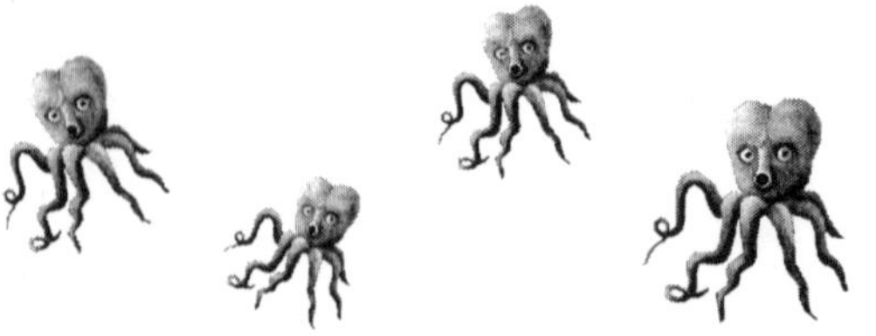

# 鐵塔上的火星人

就讀中學一年級的中村、有田和長島三名少年，是少年偵探團的團員，他們的關係非常好。

某天下午，有田和長島前往中村家玩。

中村家位於港區的住宅區，就在大洋房的二樓屋頂上，有一間類似塔的三公尺見方的房間，佔據整個三樓。

中村很喜歡看星星，塔房間裡有一架高倍率的天體望遠鏡。

三名少年在房間裡聊天，後來覺得有點煩悶，因此開始看望遠鏡。

雖然白天時看不到天上的星星，卻可以看到放大的地面景色。透過望遠鏡，遠處的住宅變成近在咫尺，遠處街道上的行人好像就在眼前。

長島專注的看望遠鏡。哇！看到東京鐵塔了。

雖然距離五百公尺遠，但是，感覺就好像在眼前一樣。連東京鐵塔展望台玻璃窗中的觀眾的臉龐都清晰可見。

長島將望遠鏡調轉到塔頂，再將望遠鏡前端慢慢的朝下，少年非常仔細的觀察。

可以清楚的看到每一根組合的鐵架了。

越往下移動，鐵架的寬度越寬。看到展望台時，長島突然「啊」的驚叫一聲。

「喂！怎麼回事？看到什麼了。」

中村和有田異口同聲的問他。不過長島無暇回答，依然屏息凝神的看著望遠鏡。

因為，望遠鏡裡突然出現奇怪的景象。

鐵塔上纏繞著一團黃色、軟趴趴的東西，原本以為是人，再仔細觀察之後，發現並不是人，而是一個從來沒有見過的生物，那個傢伙正在

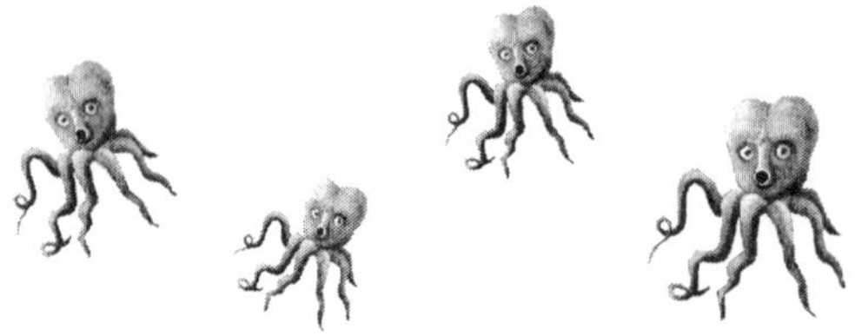

慢慢的移動。

怪物的頭有如禿頭章魚一樣，沒有頭髮。圓圓的臉上有兩隻眼睛，眼睛下方是尖尖的嘴巴，看起來很像一隻禿頭章魚。

頭的下方，有六隻宛如章魚腳般的東西，妖怪利用這些腳，有如吸盤般抓住鐵架。

「章魚不是有八隻腳嗎？但是，那個傢伙只有六隻腳，而且整體的感覺也和章魚不同。真是可怕！」

長島想著。哪有這麼大的章魚，看起來和人一樣大！

「對了！是火星人。」

長島驚叫一聲。望遠鏡裡抓著鐵塔的傢伙，看起來就像是畫本上的火星人。

章魚來到陸地上並且爬上東京鐵塔，這根本是不可能的事情。火星人來自外太空，搭乘火箭來到地球之後跳了下來，因此，攀在鐵塔頂端的可能性比較大。

那個怪傢伙會不會沿著鐵塔爬到地面上來呢？

「喂！你說什麼火星人啊？」

中村問道。

「對呀！東京鐵塔的鐵架上，有一個和火星人一模一樣的傢伙正在爬行。」

「是嗎？讓我看看！」

中村拿起望遠鏡來看。

「哇！真的耶。真的是火星人，他是怎麼來到地球上的呢？就像章魚一樣的爬行，已經爬到展望台的屋頂上了。突然不見了！也許已經從展望台的屋頂鑽進去了！」

如果火星怪物突然出現在擠滿觀眾的展望台，則一定會引起一陣大騷動。但是，並沒有發生這樣的情形。怪物到底躲到哪裡去了？

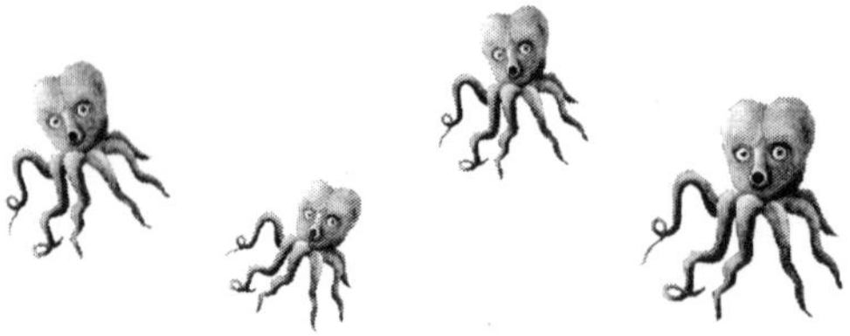

奇怪的是，在廣大的東京地區，只有這三名少年看到東京鐵塔上的火星人。

因為遠處的人如果不利用望遠鏡，根本看不到鐵塔；近處的人則因為大展望台擋在眼前，因此，也看不到正上方的怪物。三名少年正巧利用望遠鏡觀察東京鐵塔，所以看到那可怕的一幕。

三名少年趕緊告訴中村的父親這件怪事。中村先生覺得這件事情太離譜了，認為三名少年可能眼睛花了，因此不予理會。

到了第二天，少年們趕緊翻閱報紙，不過，報上並沒有任何相關報導。火星人可能已經離開鐵塔，不知去向了。

隔天晚上，長島在書房裡做完作業，正準備睡覺時，發生了奇怪的事情。

面對庭院的玻璃窗突然傳來砰、砰、砰的奇怪敲打聲。少年嚇了一跳，朝窗戶看去，發現在窗簾半開的窗戶外，有一個奇怪的黃色東西正在移動。

原本以為是樹枝，但是樹枝不可能軟趴趴的，是一個奇怪的東西。

沒想到那個黃色、軟趴趴，像棒子一樣的奇怪東西，竟然抓住玻璃窗框，想要打開窗子。

長島嚇得全身發抖，那真是個奇怪的生物。

玻璃窗並沒有上鎖，因此，慢慢的被推開了。

「難道是小偷？想要利用棒子推開窗戶？」

想到這裡，少年突然鼓起勇氣說道：

「喂！是誰在哪裡？」

少年大聲叫著，並且用力拉開窗簾。

到底是誰攀在窗戶上呢？啊！是火星人。就是日前纏繞在東京鐵塔上，那個宛如禿頭章魚的可怕火星人。

火星人用圓圓的眼睛瞪著長島，嘴巴發出「#&*※」的聲音，既

不是英文、也不是法文。

一定是火星語。

火星人的一隻腳從窗外爬了進來，將一張紙片扔進房間裡。

然而，長島根本沒有勇氣撿起那張紙。雖然想要逃走，但是，發抖的雙腿完全不聽使喚。

「＃＆＊※」

火星人繼續說著一些讓人聽不懂的話。然後突然離開窗邊，消失在庭院裡。

藉著庭院微弱的電燈亮光，可以看到怪物的身影。章魚怪物用所有的腳毫無禁忌的走路。因為有六隻腳，所以速度非常快，不久之後就消失在樹叢中。

長島終於發出聲音來了。

「糟糕了！有火星人……」

大叫著，衝向家人聚集的餐廳。

這件事在長島家當然引起了大騷動。家人立刻打一一〇電話報警，巡邏車迅速趕了過來。

警察在長島家附近仔細的搜索，但是，根本不見怪物的蹤影。火星人完全消失了。

撿起之前從窗戶扔進來的紙片一看，上面寫著：

到月世界旅行吧！

這到底是什麼意思？難道火星人到地球上來邀請地球人前往月世界嗎？

紙片上的字是用鉛字印刷的。看來火星人非常進步，他們可能已經進行語言研究，否則不可能以鉛字印刷地球人能夠閱讀的文字。

# 倒立的機器人

不久之後，其他的警察也陸續趕了過來。這件事當然也傳到新聞記者的耳中。當天半夜，長島家聚集了許多新聞記者。火星人的目擊者是長島少年，因此，新聞記者們爭先恐後的採訪他。

到了第二天，各報紙都以大篇幅報導這則怪事。民眾看到這個消息後，全都議論紛紛。

自從火星人出現在長島家之後，接下來幾乎每天都在各地現身，而且每次都留下「到月世界旅行吧」的紙條。

不久，發生另外一件不可思議的事情。遭遇怪事件的是少年偵探團之一的有田少年。

有一天傍晚，住在港區的有田獨自走在寂靜的住宅區。沿著長長的水泥牆，走在無人的巷子裡。

突然，對面大約一百公尺處，有一團漆黑的奇怪身影，朝自己逐漸接近。

距離拉近之後，對方的樣子越來越清晰。

是一個宛如機器人般的傢伙。但是，這個機器人的樣子很怪異，以往從來沒有看過。

機器人的軀幹和手腳，好像是用幾十個黑色鐵圈打造而成的。雖然像是鐵製的，不過卻能夠隨意的彎曲。

機器人穿著一雙大鐵鞋，以奇怪的方式走路，短短的腿發出奇哩、奇哩的聲音。那是機器人體內的齒輪轉動的聲音。

整個臉好像塑膠一樣，比普通人的臉大三倍，而且是透明的。內部全都是奇怪的機械。沒有眼睛、鼻子和嘴巴，是一個沒有臉的機械人。

雖然沒有眼睛，但是，卻有兩道紅光不斷的閃爍，看起來彷彿是妖

怪的紅色眼睛。

塑膠臉中排列著各種機械，所有的機械都不停的運轉。好像用薄金屬打造而成的葉片，正以驚人的速度轉動。

有田少年發現情況不對，於是趕緊躲在郵筒後方，悄悄的觀望，以免被對方發現。

怪物來到距離少年十公尺遠的地方時，發出嘎、嘎的聲音，似乎在說話。原先聽不太清楚，但是後來竟然可以聽到清楚的人聲。

「是不是有孩子躲在郵筒後面啊？躲在那裡也沒有用，不論銅牆鐵壁我都可以一眼看穿！哇哈、哈、哈……。」

機器人說出令人震驚的話，並且笑了起來。難道機器裡躲著人。

有田嚇得拔腿就跑。跑了五、六步時，身體突然無法動彈。

感覺好像被肉眼看不到的東西拉住一般，無法逃走。少年就這樣的被硬拉回機器人的身邊。

「怎麼樣？我用肉眼看不到的繩子拉著你。這個繩子可以把你綁起來喔！」

少年感覺自己的確好像是被隱形繩子拉住。

有田不斷的揮舞著雙手，想要掙脫繩子。但是，根本無濟於事。

「好吧！我把繩子放掉，你快跑吧！快點叫大家過來，叫越多人來越好！」

機器人大聲叫著。

隱形繩子似乎鬆開了。有田終於恢復了自由。

有田立刻衝向商店聚集的大街上，拿起紅色電話（當時的公用電話大都是紅色的），撥一一〇，通知警察機器人出現的事情。

三分鐘後，三部警笛聲大作的巡邏車疾馳而來，趕到機器人現身的地方。

事故現場聚集了許多黑壓壓的人群。

機器人在警察與群眾的包圍下，依然大剌剌地站在原處。

警察們手握手槍。因為對方會用隱形繩子綁住人，因此，必須利用武器對付。

「哇哈、哈、哈……，聚集了這麼多人，想要抓我嗎？有種的話就過來！」

怪物大聲的嘲笑眾人。

三名警察勇敢的衝向怪物，但是，立刻反彈回來。

「我們要開槍了！」

「哇哈、哈、哈……，手槍算什麼！我怎麼會怕這種東西呢！不信的話就試試看啊！」

砰！傳來子彈發射的聲音。命中怪物了！但是，機器人竟然毫髮無傷，依然站在原地放聲大笑。

「好！一起發射。」

警官下達命令。五名警察將槍口全都對準機器人。

砰、砰、砰、砰、砰……。

五把手槍集中火力一起進攻。

但是，全部沒有命中目標。

就在子彈發射的瞬間，機器人突然咚的一聲，彈跳到空中。

地上留有一雙大鐵鞋。機器人脫下厚重鞋子往高空一躍。群眾們發出「哇」的驚叫聲。

機器人就這樣的迅速飛到空中去了。

難道那個怪傢伙真的是來自外太空的外星人嗎？他和地球人不一樣，可以自由自在的在空中飛翔。

警察心想，怪機器人可能像直升機一樣，利用螺旋槳升空，但是看起來並沒有攜帶螺旋槳，而真的是靠自己的力量飛向空中。

眾人再度不約而同的發出「哇」的驚叫聲。

原來怪機器人在空中突然來了一個大轉身，以頭下腳上的倒立姿勢朝天空飛翔而去。

機器人的身影越變越小。從小孩變成像嬰兒般的大小，然後又變成如玩具一般，最後消失在雲層中。

「這是什麼？」

一名警察撿起掉落在機器人鞋子旁邊的紙片。

紙片上用鉛字印刷著：

到月世界旅行吧！

和火星人留下的紙片相同。難道火星人和機器人是同夥？

火星人和怪機器人為什麼要現身地球？

「到月世界旅行吧！」到底意味著什麼？

## 屋頂上的怪人

報紙大篇幅報導，類似禿頭章魚的火星人與電動機器人現身在東京的消息，全國民眾議論紛紛。

除了中村、有田與長島三名少年親眼目睹怪物之外，兩個可怕的怪物陸續在東京各地現身。怪物每次在消失之前，都會留下寫著「到月世界旅行吧」或是「前往月世界」等內容的紙片。

有一次，銀座大樓的電光新聞突然播報「請到月世界」的內容，大家都感到很驚訝。

又有一次，銀座大街廣告塔的擴音器反覆傳出「到月世界吧」的聲音，眾人感覺非常不可思議。

似乎有人暗中邀請住在東京的人前往月世界。到底是誰？為什麼要

這麼做呢？

這些事件發生後的某一天，有人打電話給明智偵探事務所的小林少年。

「是小林嗎？我是電人M。」

「是，你是哪位？」

「電人M。」

「電人？」

「電氣的電，人物的人。就是電氣人的意思。電人M是我的名字。」

小林認為可能是有人在惡作劇。

「電人M，你找我有什麼事？」

「我想要見你。」

「有什麼事嗎？」

「在電話裡說不清楚。見了面之後再談。今天下午四點，請你到日本橋的M大樓的屋頂上來，我在那裡等你。」

M大樓是一棟辦公大樓，一樓是銀行，二到六樓是許多公司的辦公室。小林也知道這棟大樓。

「我要讓你看有趣的東西。這可是電人M的挑戰喔！如果你不敢來M大樓，就表示你輸了。」

說到挑戰，無論對手是誰，小林絕不會退縮。小林與對方做好約定之後掛上電話。

和明智先生商量後，決定先到M大樓瞧一瞧。平日小林外出多半搭乘電車，今天則是自己開車前往。

在「假面恐怖王」（少年偵探第22集）事件中，小林和口袋小鬼在山中發現金幣。金幣主人為了向少年偵探團團員致謝，因此捐款五百萬圓（相當於現在的五千萬圓）。明智偵探利用這筆錢增添無線電設備，總共購買十支無線電話。有了這些行動電話之後，團員們隨時都可以和

偵探事務所保持聯絡。

同時購買了一部汽車，命名為「明智一號」。這部汽車專屬偵探時使用，座位底下可以躲人。車上備有許多變裝用道具以及行動電話。

小林原本就會開車，購買明智一號之後更是經常練習，現在駕駛技巧純熟。

小林少年駕駛明智一號前往目的地赴約。他把車子停在日本橋的M大樓前，搭乘電梯到達屋頂時，距離約定時間四點還有兩、三分鐘。

廣大的屋頂上沒有任何人。平常中午時間，辦公大樓裡的上班族會到屋頂上休息，不過現在已經接近黃昏，因此，沒有人在屋頂上。屋頂的兩端都有出入口，兩側都有電梯和樓梯。

當小林手錶上的指針正好指著四點時，一邊出入口的門打開了。一位奇怪的傢伙走了出來。

原來是全身用鐵打造而成的大型機器人。頭部是透明的塑膠，裡面裝滿機械。兩道紅光不斷的閃爍，看起來就像是紅色的眼睛。

「啊！那個傢伙就是電人M嗎？」

小林心中想著。看到機器人像以機械般的走路方式移動了過來。

「小林，你來啦！現在我就讓你看有趣的事情。」

機器人用奇怪而嘶啞的聲音說道。

小林心想，這個傢伙可能就是報紙上曾經報導的怪機器人。聽說他會像汽球一樣的飛到空中去。

機器人來到屋頂邊緣的欄杆處，俯瞰下方的道路。下方有都市電車（當時的都市電車是市民重要的交通工具），以及許多汽車穿梭。從上方看下去，所有車輛都有如火柴盒般渺小。人行道上許多如豆粒般大的人正在行走。

機器人的右手拿著厚厚的一疊紙。突然，他高舉著右手，將紙片朝下方扔去。

紙片一張張的分散開來，彷彿雪片般慢慢的飄落。真是一幅美麗的光景。下方的行人看到大量的紙片從天而降時，紛紛的抬起頭來看著天空。有些人攤開雙手準備接住紙張。

白色的紙片飄過眾人的頭頂落到地面上。路人趕緊撿起紙片一看，上面寫著：

> 到月世界去吧！

到底是誰把紙片扔下來的？眾人不禁抬頭看著M大樓的屋頂。

機器人若無其事的靠在欄杆上俯瞰下方。地面上傳來「哇」的驚叫聲。群眾看到可怕的機器人之後，不約而同的驚聲尖叫。

兩名警察跑了過來，立刻從M大樓的入口處跑上頂樓。機器人維持原先的姿勢，一動也不動的站在那裡。

警察跑到屋頂後會發生什麼事呢？小林感到有點擔心。

# 電人M

幾分鐘後，兩名警察從對面的出入口跑了過來。多位穿著西裝的人也跑了過來。

「啊！在那裡！」

有人大叫著。

機器人從容不迫的離開欄杆邊，看著眾人。

「小林，你覺得怎麼樣？接下來會發生有趣的事情喔！現在是你運用智慧的時候了。」

說完，機器人立刻以飛快的速度，朝另一個出入口跑去。

小林拔腿緊追在機器人的身後。小林當然是站在警察的這一方。

警察們看到機器人快速逃走時，立刻加快腳步前來包圍。

機器人跑下樓梯來到六樓，在六樓的走廊上奔跑，迅速衝入一個房間，並且從內部鎖上門。

小林少年站在門前，等待大家趕過來。

# 大月球

不久，警察們也跑了過來。

「就是這裡！他跑進這個房間裡並且上了鎖！」

小林說道。一名警察從鑰匙孔窺探裡面，但是鑰匙孔上插著鑰匙，什麼也看不到。

突然，房裡傳來了叫聲，是兩個人的聲音。看來房間裡有人。

「救命啊……！」

房裡的人可能慘遭機器人修理了。

「好！把門撞破。」

警察大聲叫道。接著聽到砰、砰的撞門聲。用力衝撞幾次之後，門並沒有被撞破，不過門上的絞鍊鬆脫了，於是大家推開門跑了進去。

進入房裡時，赫然看到一名穿著西裝的男子正在看著窗外。

「怎麼回事？機器人呢？」

警察著急的問道，男子回頭說道：

「他從這個窗子跳到中庭。真是奇怪，那個傢伙並沒有倒在地上，從入口進入一樓去了。」

會像汽球一樣飄浮在空中的機器人，當然，可以輕鬆的從六樓跳到一樓去。

警察立刻說道：

「我搭電梯下去追他！你趕快打電話叫巡邏車過來支援。」

一名警察離開房間跑向電梯。許多M大樓的工作人員也跟了過去。

留下來的警察，打完電話後也趕往電梯。

六樓其他房間裡的人陸續離開，走廊上不見任何人。

原本待在房間裡的那名男子，拎著一個大的四方形帆布袋，從之前被撞開的門內走了出來。他看了看周圍，趕緊走下樓梯。

小林少年躲在走廊的轉角，等待男子的出現。

小林先前就對這名男子起疑。警察把門撞開之前，機器人可能已經迅速喬裝改扮，變成另一個普通人。

看到男子提著大帆布袋走出房間時，小林少年更加肯定自己的猜測無誤。因為機器人的身體是用薄金屬打造而成的，只要將金屬折疊好，就可以將其塞入帆布袋中。而塑膠頭則可能已經弄破了。

機器人的身高大約兩公尺，因此，塑膠頭底下很可能躲著一個人。

小林悄悄的跟蹤可疑的男子。男子並沒有搭乘電梯而走樓梯，以免遇到其他的人。對小林而言，這樣更方便跟蹤。他一直跟蹤可疑的男子來到了M大樓外。

男子坐上停在大樓外的一部汽車。看來並沒有駕駛在裡頭，他準備自己開車。

看到這種情況，小林迅速的跑向自己的車子並且上了車。

接著，展開汽車的追逐戰。

男子的車子從池袋開過豐島園，進入練馬區的田園。這時已經接近黃昏，四周微暗。

汽車在廣大的空地旁奔馳，這片空地好像是某個公司的建築用地。道路兩側是長長的木板牆圍籬。男子突然停下車，打開木板牆上的一道門走了進去。

小林把車子停在距離五十公尺遠的地方，走下車來，悄悄的接近男子的車子。

男子之前已經關上車頭燈，再加上道路兩旁沒有路燈，因此，四周非常黑暗。藉著微弱的星光，可以稍微看到長長的圍牆。

小林來到男子剛才進入的牆外，豎耳傾聽，但沒想到門突然打開，男子站在那裡。

小林嚇了一跳，已經來不及躲藏了。

「哈、哈、哈……，我正在等你。我知道你開車跟蹤我。你比那些警察還聰明嘛！」

既然已經被對方發現，小林也只好抬頭挺胸的說道：

「那麼，是你假扮成機器人囉！」

「是啊！我把機器人的身體折疊起來擺入帆布袋裡。沒想到我可以在這麼短的時間內從機器人變成普通人吧！連警察都被騙了，不過卻被你識破了，你不愧是明智偵探的弟子。」

「那麼，你就是之前打電話來的電人M囉？」

「不，不是。電人M是我的首領。我只是一名手下。你很快就會知道電人M是多麼可怕的人了。」

「既然你知道我跟蹤你，為什麼不逃走呢？為什麼要把我引到這個地方來？」

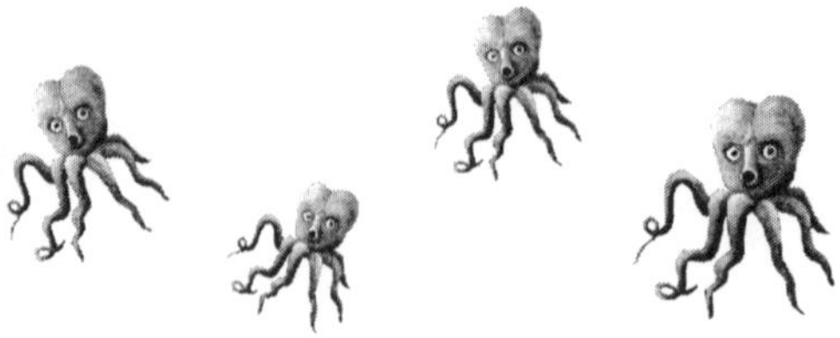

「因為要讓你看有趣的東西呀！這是為了宣傳嘛！」

「為了宣傳？」

「是啊，宣傳。我們故意利用電光新聞及廣告塔惡作劇，並且到處散發紙片。還安排火星人與在空中飛翔的機器人，這些都是為了引人注意。」

「提到機器人，今天的機器人和飛到空中的機器人好像不一樣。」

「是呀！飛到空中去的那個是塑膠製的汽球，在擁有機器人形狀的汽球上塗上顏色，就可以欺騙眾人。機器人裡裝滿氫氣，只要脫掉鐵製的鞋子，輕飄飄的機器人就會往上飛。胸前安裝有如防彈背心般輕而堅固的金屬。」

「有人躲在裡面嗎？」

「沒有。如果有人躲在裡面，那就飛不起來了。那只是一個普通的汽球而已。」

「為什麼要在胸前安裝東西呢？」

「機器人的胸前裝有無線電話的擴音器，同夥躲在遠處的水泥牆中說話。機器人走路或是脫下沈重的鞋子，全都是用無線遙控的。」

「那個長得像章魚一般的火星人，又是怎麼一回事？」

「裡面躲藏著人啊！那也是用塑膠打造的。和圖片中的火星人一模一樣。六隻腳中的四隻腳是人的手腳，剩下兩隻是空的裝飾品。」

小林沒有想到對方竟然把這些事情全都說了出來。他到底想要做什麼？

「你們到底想要宣傳什麼？」

「難道你不知道嗎？就是請你們到月世界旅行啊！」

「咦！到月世界旅行？」

「哈、哈、哈……，你還沒有發現嗎？你看那裡！」

男子說著，用手指著黑暗處。不過，圍牆內一片漆黑，根本看不到

什麼東西。

「仔細看就可以看到，是很大的東西喔！」

沒錯，在星空下，的確有一座大圓形、好像山的東西矗立在那裡。

仔細一看，終於看出形狀了。

好像是放大好幾萬倍的地球儀。是用水泥打造而成的，大約有五十公尺大，是一顆非常可怕的大球。

仔細觀察，可以看到表面的許多凹洞。啊！知道了，這就是月球表面，和透過用望遠鏡觀察時一模一樣的東西。一個直徑五十公尺的月世界聳立在黑暗中。

「知道了吧！這就是地球上的月世界。有興趣的民眾可以搭乘火箭到月世界旅行囉！」

哇！真是壯觀。他們的確採用了與這種壯觀景象非常搭配的驚人宣傳方式。

那麼，前往月世界旅行，到底會看到什麼驚人的景象呢？

## 搭乘火箭

在怪男子讓小林少年看練馬區田園中的人工月世界之後經過了一週，國內的主要報紙出現整版的大廣告。

廣告上同時刊登大型照片，標題寫著「就在東京的角落，廣大的月世界出現了。大家搭乘火箭到月世界探險吧！」

所有的東京人都拍手叫好。自從最近發生火星人和電動機器人怪事之後，眾人都一頭霧水。看到這則廣告之後，才知道原來是人工月世界的宣傳。大家對於如此可怕的宣傳方式都感到非常驚訝。

月世界遊樂公司的負責人，被帶往警政署接受調查，不過這又變成了一種宣傳。人工月世界的生意更加興隆，每天都有上千名的觀眾前往

觀賞，其中大都是少男、少女或是帶著孩子的家長。

遊樂世界佔地一萬平方公尺，非常廣大，直徑五十公尺的巨大月世界聳立在角落。雖然只是月球的一半，但是，擺在地上卻宛如山一樣的高。

遊樂場裡共有三個火箭搭乘處，都可以到達月世界。

觀眾們全都穿上太空服，帶上圓形、透明的太空帽，爬上高高的樓梯，到水泥台上搭乘火箭纜車。一次搭載十五人，三個搭乘處共可搭載四十五個人。

火箭形的纜車掛在纜繩上，在空中以驚人的速度朝距離三百公尺遠的月世界前進。

來到月世界的旁邊時，火箭掉頭從尾端先著路。

觀眾從後方的出入口走出來，陸續到達宛如火山爆發後的凹凸的月球表面。

月球表面全都是穿著太空衣的觀眾，好像爬山一樣，在圓形的月球表面攀爬。在凹凸不平的表面，有一些可以用腳踩的地方，因此，不會滑落下去。爬到頂端，觀看四周的景色，真的非常美麗，好像真的到達月世界一樣。

「啊！那裡也有月亮。」

「那是地球！從月世界看到的地球。」

少年們異口同聲的叫著。

朝遠方看去，比月球大好幾倍的大地球飄浮在空中。利用地上的機械拉住做成地球形狀的汽球，大汽球在空中晃動。

觀眾們覺得地球好像距離越來越遠了。

「看到日本了！你看那個小島！」

「東京在哪裡？」

「什麼東京啊！這裡怎麼可能看得到呢！」

少年們交頭接耳的說著。

觀賞月世界表面的觀眾只能停留二十分鐘，過了觀賞時間後，必須沿著月球內側的樓梯往下走。走下高高的樓梯，就會到達通往月球內部的出入口。

從入口進去，月球內部變成星際，大而圓的天花板上，布滿著無數的星星。下方是圓形的觀眾席長椅。

月世界內部的星際不僅映出天體的全景，還有一部分的放大景象。觀眾們可以清楚的觀賞地球和月亮，只要伸出手來，好像就可以搆著由地球發射的人造衛星，或是到達月世界的火箭。

「各位，火箭已經到達月球表面，大家離開火箭，開始月球表面的探險吧！」

耳邊傳來解說員的聲音。觀眾們聽到這一段話，才突然想起自己的火箭之旅。

眼前的螢幕消失之後，變成更大的畫面。人工衛星發射升空，眼前出現組合人造衛星的情景。穿著太空衣的太空人好像在天空飄浮似的，小小的身影正在進行組合的工作。觀眾看得一清二楚。

周圍的各種天體景象，也令觀眾們看得目瞪口呆。經歷神奇的探險之後，觀眾們離開星際，在後門脫下太空衣走出會場。

月世界各種神奇的場面當然也是很好的宣傳。全國各地的人蜂擁而至，遠道而來的觀光客絡繹不絕。月世界頓時成為與東京鐵塔齊名的觀光景點，各地開始提供前往月世界的專車。

不過，平靜的過了三個月後，又發生了奇怪的事情。

## 大發明

在豐島區寂靜的住宅區裡，有一棟與附近住家距離較遠的兩層樓洋

房。這是化學家遠藤博士的研究所兼住宅。

遠藤博士原本擔任某大學的教授，在十年前還很年輕時就辭去教授工作，傾注所有的家產進行一項大研究，至今依然持續著。

博士家中的成員包括妻子美代子，以及孩子治郎和安江。治郎就讀中學一年級，安江就讀小學三年級。

除了家人之外，還有研究助手木村青年和一名傭人。

家人不知道博士到底在研究些什麼，即使連助手木村也不知道確實的情況。

遠藤家中的研究室非常寬大，裡頭擺滿各種化學實驗道具和藥品。實驗室是用鋼筋水泥打造而成的，只留有一個出入口，入口的門非常堅固，而且窗戶全都安裝了鐵窗，鐵窗外又安裝了鐵門，整個研究室就好像一個巨大金庫。

博士經常整天待在研究室裡工作。妻子美代子很擔心，經常關心的問丈夫：「你到底在研究些什麼？」

博士說道：「這是足以顛覆世界的大發明。但是，除了我以外沒有人知道秘密，就連木村也不知道。如果隨便公開，可能會發生極恐怖的事情。這是重大祕密。」

大發明似乎就快要完成了，因為最近博士神采奕奕，經常高興的獨自傻笑。

研究室外的小屋裡養了許多化學實驗用的兔子。經常一次突然死了幾十隻兔子。負責挖掘庭院泥土、掩埋兔子屍體的，就是助手木村。五、六年來，後院裡已經掩埋了好幾百隻兔子。

家人對此感到非常害怕。助手木村當然也不太高興。因為他連這些兔子到底是什麼時候、為何而死的都不得而知。

不久之後，許多人前來拜訪博士。其中大都是西裝筆挺的紳士，有些則是不知道來自哪個國家的外國人士。訪客們來到博士的客廳，和博

士交談了很久才離去。

有一次，木村助手對美代子說：

「博士說大發明就快要完成了，但似乎隱藏了很大的秘密。最近前來拜訪的人，似乎都在請教博士的發明。其中甚至有一些是政府要員以及國外人士。接下來不知道會發生什麼可怕的事情。博士似乎正在研究能夠顛覆世界的大發明。」

博士的家人為此擔心，因為他們不知道，接下來會發生什麼可怕的事情。

經常前來拜訪的某個外國人，目光銳利，感覺好像間諜一樣，讓人覺得害怕。

可怕的事情終於發生了。

有一天晚上，外出辦事的木村助手臉色大變的跑回研究室。

「博士，圍牆外有個可疑的傢伙在徘徊。不知道他是不是想要竊取博士的發明？」

「喔！是怎樣的人？」

「一個面貌很可怕，長得很粗壯的傢伙！看起來好像相撲選手，全身漆黑。」

「全身漆黑？」

「嗯！全身都是黑的。頭有我的三倍大，還有紅色的眼睛。」

「你是怎麼回事！怎麼可能有這種妖怪在路上走動。一定是你看錯了！」

博士笑著說道，並沒有理會助手所說的話。後來，發現助手並沒有眼花。

當天晚上，博士就讀中學的孩子治郎在房間裡讀書，寫完作業準備休息時。他打開窗戶，想要呼吸外面新鮮的空氣。

窗外是一片漆黑的庭院。突然，對面的樹叢中出現黑影。

治郎發現樹叢中好像有紅光在閃爍。

「咦！那是什麼？看起來好像是蛇的眼睛。不，蛇的眼睛不可能這麼大。如果是其他動物的眼睛，那又未免太紅了。但是，看起來又不像是手電筒的光線，真奇怪……」

治郎是個勇敢的少年，他準備走到外面一探究竟。

治郎拿起手電筒步出房間，走下長廊繞到庭院去，直接來到樹叢附近。

卡奇、卡奇、卡奇……，樹叢中的紅光不停的閃爍。

「是誰在那裡？」

治郎大聲問道，拿起手電筒朝樹叢中照射。

# 電人M出現了

有人站在樹叢中。

治郎看到之後，嚇得無法動彈。

原來是比人大一倍半，一個全身漆黑、壯碩的傢伙。身體好像機器人一樣用鐵打造而成，臉像玻璃一樣透明，大大的眼睛射出兩道紅光。

沒有鼻子和嘴巴，好像圓形玻璃中的小機械一樣。

相當於嘴巴的位置，許多好像鋼琴琴鍵般的機械正在跳動。

「嘿、嘿、嘿嘿嘿……」

怪物發出恐怖的笑聲。

治郎嚇得拔腿拼命的跑。回到家中時，氣喘如牛的說道：

「爸爸，糟了！庭院中有可怕的怪物。」

「怎麼回事？」

遠藤博士跑到兒子的身邊問個仔細。聽說庭院中出現怪物，博士立刻拿起手電筒跑了出去。不過，並沒有發現怪物的蹤影。

家中連續發生兩件怪事，遠藤博士無法再一笑置之了。他立刻打電話通知警察過來調查。

不久，附近的警察局派遣三名警察過來，並且仔細搜查博士的住宅內外，不過並沒有任何發現。

搜查工作暫告一個段落之後，待在博士客廳中的一名警察感到懷疑的問道：

「博士，那個怪物是不是長得像電動機器人？」

「啊！機器人？」

「對呀，就是之前宣傳到月世界旅行的機器人啊！當時像章魚的火星人怪物，以及大型電動機器人曾在各地現身，嚇壞了不少人呢！」

「啊，對了！治郎看到的怪物和報上刊載的那個電動機器人的圖片一模一樣。但是，機器人為什麼要到我家來呢？」

博士覺得不可思議的皺著眉頭問道。

「電動機器人並不是什麼怪物，裡面躲藏著人，好像活廣告一樣到處現身。至於那個傢伙為什麼會出現在你們家的庭院，或是在圍牆外徘徊，真的是令人不解！」

警察說道：

「如果那個傢伙再出現，請務必立刻打電話通知我們，我們會及時趕過來！」

警察說完之後離去。到了第二天傍晚，又發生了可怕的事情。

這天傍晚，治郎的妹妹安江和媽媽美代子在一起。母女倆人走在通往二樓樓梯下微暗、廣大的走廊上。

突然感覺樓梯上有人走了下來。

這個時候怎麼有人在二樓？懷疑的抬頭往上看時……，突然看到可怕的身影。

安江「哇」的驚叫一聲，嚇得蹲在走廊上。媽媽為了保護女兒，立刻撲在安江的身上，自己也差一點被嚇昏了。

原來是那個電動機器人怪物。另外還有更可怕的東西，就是纏繞在機器人脖子上的物品。

原來是那個好像章魚的火星人。六隻長長的腳纏繞在機器人的脖子上，大而圓的頭擺在機器人的塑膠頭上，兩顆巨大的眼睛正瞪著這邊，讓人不寒而慄。

機器人以奇怪的姿態，一個階梯、一個階梯慢慢的走下樓梯。

安江和媽媽蹲在原地，不知道該如何是好。機器人逐漸接近她們，不知道會不會對她們下毒手。

突然，聽到有人跑過來的腳步聲，原來是治郎。他聽到妹妹的叫聲

後立刻跑了過來。

治郎繞過走廊的轉角，立刻看到怪物。

「爸爸！不好了！快來呀！」

治郎拼命的大叫。

聽到治郎的叫聲，還剩三個階梯就可以走下來的怪物，突然跳下樓梯，朝著與治郎相反的方向逃走。

不久，博士跑到治郎的身後。聽說機器人出現了，博士趕緊跑進房裡打電話通知警察。

「爸爸，那個傢伙往研究室的方向逃走了。他無路可逃了。除了研究室之外，只剩下木村的房間。木村的房間也安裝了鐵窗，因此他逃不出去，已經成為甕中之鱉了。」

博士打完電話出來時，治郎對父親說道。

「嗯！沒錯。在警察趕來之前，我們兩個就守在這裡。我準備了手槍，如果他退到這裡來，我就開槍射擊。」

遠藤博士說著，舉起手上的手槍。

博士父子倆站在走廊上監視。不久，聽到對面傳來了腳步聲。

原本以為機器人怪物折返回來，因此博士緊握手槍，對準腳步聲傳來的方向。但是，聽起來不是怪物，而是有氣無力的腳步聲。

隨著腳步聲的接近，助手木村出現在眼前。他好像剛睡醒似的，揉著惺忪的眼睛走了過來。

「木村，怎麼了？機器人現在怎麼樣了？」

「咦！機器人？」

「看來你是沒有遇到機器人囉！他可能還在研究室裡，我們快去看看吧！」

博士說著，先行趕往研究室。

砰的一聲用力推開門，沒想到裡面竟然空無一人。

「那麼，他可能躲在你的房間裡！」

博士說著，檢查助手木村的房間，但是，裡面也空無一人。

咦！怪物根本無處可逃，難道他在走廊盡頭消失蹤影？

## 字母M

龐大的電人M到底是從哪裡逃走的？研究室的牆壁、地板與天花板都沒有祕密通道。難道那個傢伙會使用隱身術，啪的一聲像煙霧般消失了嗎？

不可能的。其中一定有什麼可怕的祕密。

遭遇怪事件的第二天晚上，又發生了可怕的事情。

博士的助手木村青年外出辦事，歸途中，獨自走在距離博士家五百公尺遠的寂靜巷道裡。巷子轉角處有一個紅色的郵筒，青年覺得郵筒後方不太對勁，好像有什麼奇怪的東西趴在那裡似的。

「真奇怪！看起來既不像人也不像是動物，難道是行李？怎麼會有一團漆黑的行李在那裡，真是奇怪！」

木村心中想著，若無其事的走過去一探究竟。沒想到黑色的東西突然蹦了出來。

木村青年嚇得呆立在原地。

原來是電人M，他正在無人的巷道裡等待著木村。

木村轉身想要逃走，但是，黑色機器人卻以驚人的速度撲了過來。機器人用鐵臂從青年的身後把他緊緊的纏繞起來。

「救命啊……」

木村大聲求救。但是，道路四周都是高聳的水泥牆，牆內全都是住宅的大庭院，根本沒有人聽到青年的求救聲。

電人M將木村橫抱起來，立刻往前走去。

前方是神社的森林。電人M走入森林中，把木村放在大樹下。

「放心吧！我不會修理你的。」

機器人好像鋼琴鍵盤般的嘴巴不斷的跳動，發出奇怪的聲音。那不是人的聲音，而是機械的聲音。

「你知道遠藤博士發明的祕密嗎？」

電人M詢問青年。

「不知道。雖然我是博士的助手，但是他並沒有把祕密告訴我。」

「真的嗎？」

「真的。我只處理雜事。重要的事情全都由先生親自處理。」

「那麼，你就把東西偷出來吧！偷出寫著博士發明的化學分子式（利用元素記號，表示物質的構造）。只要把東西偷出來，我就送你五十萬圓（相當於現在的五百萬圓）作為獎賞。」

「不行！記載各種化學分子式的筆記本有很多。最重要的發明記在博士的頭腦中。就算寫在筆記本上，但是，為了避免被他人看到，也可能已經將筆記本燒掉了。」

「只要努力找，還是可以找到一些線索。就這麼決定了，我會給你五十萬圓賞金。」

「不行，我辦不到！」

「好，那麼就給你一個月的時間，盡量找。如果一個月後還沒有找到，你的下場將會很悲慘。可能比死亡還更可怕！知道了嗎？現在你回去吧！記得履行約定。」

電人M說完之後，咻的一聲消失在森林深處。

木村呆立在原地，感覺好像做了一場惡夢似的。

木村搖搖晃晃的走回博士家。他並不準備通知警察，因為電人M像煙霧般突然消失，就算立刻追趕也找不到他。

不久，遠藤博士和木村助手在研究室裡商量事情。

「謝謝你坦白告訴我。你放心，我會負責你的安全，絕對不會讓你遭遇任何不幸。正如你所說的，這個發明存在我的頭腦中，我並沒有寫下任何資料，因此，無論你怎麼尋找線索，也無法發現到任何祕密。」

博士拍拍木村助手的肩膀，好像要他安心似的說道。

「我也是這麼想。但是，對方是個可怕的傢伙，不知道會採用什麼方法。先生，你絕對不能掉以輕心喔！」

「嗯！我知道。這件事情必須立刻通知警察。」

博士說著，站起身來走出房外，並關上門，在走廊上走了五、六步時，研究室的門突然被打開，木村從裡面探出頭來。

「博士，請等一等。」

助手用低沈的聲音叫住博士。

博士有些疑惑的問說：

「怎麼回事?你的臉色怎麼這麼蒼白?」

「快、快來、快一點！」

一臉蒼白的木村助手指著門內，對博士招招手。

博士趕緊退回研究室裡。

木村來到房間正中央，站在那裏凝視著面前的白色牆壁。

「啊！」

博士看了牆壁之後，發出驚叫聲。

原本空無一物的牆壁上，竟然出現一個大大的M字。

「木村，是你寫的嗎？」

博士大叫著。

「不，不是我。我怎麼會這樣惡作劇！剛才先生離開之後，我也正準備回自己的房間去，走到門口時，聽到研究室裡傳來輕微的聲響，回頭一看，就看到這個字。好像有隱形人用黑色蠟筆寫了這個字。」

牆上的字粗三公分，應該是支黑色蠟筆橫寫出來的。博士的宅邸裡

連續發生怪事。昨天機器人在實驗室裡像煙霧般的消失。今天又不知道從什麼地方悄悄的溜進來，並在牆壁上留下黑字。

　博士立刻打電話報警。搜查主任立刻帶領部下趕了過來，再次仔細的搜查研究室，但是，依然沒有發現任何線索，同時也確認研究室裡沒有什麼祕密通道。

## 空中的聲音

　過了一週後的某天晚上，遠藤博士參加學術會議，直到很晚才開車回家。

　博士順道送住家附近的朋友回家。朋友下車之後，只剩下博士和駕駛坐在車上。車子是博士的自用車，駕駛也是熟悉的人。

　當車子轉個彎就可以看到博士家的正面水泥牆時，車頭燈照在水泥牆上，博士突然「啊」的驚叫一聲，並且坐直了身體。

前方的水泥牆上出現一個大大的黑色M字。

「咦！」

駕駛也嚇得叫了一聲。

隨著車子的方向改變，車頭燈的圓光沿著圍牆移動時，字母M也跟著車燈晃動。

「真是奇怪！」

駕駛自言自語的說著，停下車，走下車去檢查車頭燈。

「博士，我知道了！原來是車頭燈上被畫了一個M字。裡面還安裝了透鏡，不知道是誰在惡作劇。因為寫在玻璃上的字映出來不清楚，所以才安裝了透鏡，真是奇怪！」

駕駛不知道字母M的可怕，因此，若無其事的說著。

但是，博士卻感覺好像被人打了一巴掌似的，臉頰發麻。

為什麼會出現字母M呢？M當然是電人的名字。那麼，又為什麼要讓博士看到這個字母呢？

電人想用五十萬圓賄賂助手木村，為的是要得到博士的發明祕密。他可能知道木村不願意幫忙，因為他曾經悄悄的溜入房間裡，當時博士和木村在研究室裡商量的事情，可能都已經被電人聽到了。

那個傢伙到底想要怎樣？他三番兩次顯示字母M，又代表什麼可怕的陰謀呢？

博士想像這些情況，覺得真的不能掉以輕心。

博士果然猜中了。電人M確實在進行可怕的事情。

回到家後，博士立刻打電話給警察。搜查主任帶著組員前來。警察仔細的檢查汽車，並且用照相機拍下車頭燈上的M字，準備帶回警局進行筆跡鑑定（調查文字的筆跡），同時調查玻璃上的指紋。不過指紋似乎已經被擦掉了。

半夜，獨自睡在床上的遠藤博士突然驚醒了過來。他感覺天花板上有小小的黑色東西飄落下來。

「真奇怪」，博士心中想著。

仔細一看，黑色的東西慢慢的飄下來，而且越來越大。最初只有五公分，後來變成三十、甚至五十公分大，接近博士臉部的正上方。

「啊！電人Ｍ！」

博士在心中吶喊著。

出現在博士眼前的，是那個可怕的機器人的形狀。臉是透明的，裡面有兩道紅光。嘴巴裡整齊排列著好像牙齒般的機械。

那個傢伙的形狀越來越大。變成一公尺、一公尺五十公分……，最後變成如實物般的大小，落在博士的上方。

博士想要下床，但不知怎麼的，身體竟然無法動彈，甚至無法出聲求救。

電人M可怕的臉，漸漸接近博士的臉。塑膠製的臉是冰冷的，就貼在博士的額頭上。怪物眼睛透出的兩道紅光好像閃電一樣，深深的射入博士的眼中。

博士發出「哇」的驚叫聲。……，突然醒了過來。原來是在做夢！博士嚇得全身冒汗。

「啊！原來是在做夢。」

環顧房間四周，床邊有一個覆蓋藍色燈罩（用來遮光的罩子）的床頭燈，但是光線微弱，因此，房間裡一片黑暗。

博士凝視黑暗的角落，感覺好像有人在那裡。

博士跳下床，按下牆壁上的開關。天花板上的電燈立刻亮了起來，整個房間頓時一片明亮。角落並沒有任何東西！

半夜時寢室裡一片寂靜，沒有任何聲響，但是，博士總覺得好像有人在房間裡。

再次環視整個房間，真的沒有任何人。即使如此，博士還是覺得不尋常。

博士開始感覺害怕，但是，又不好意思大叫，因此，只好忍耐著爬回床上，不過卻一直無法入睡。

突然，聽到微微的聲響。

天花板上似乎傳來老鼠咬東西的聲音。但事實上並非如此。聲音越來越大，最後變成人的聲音。

「遠藤先生，你睡不著吧！你聽得到我的聲音吧！」

好像是金屬摩擦的可怕聲響。

博士沈默不語。繼續聽著聲音。

「我是電人M。我所擁有的電力是萬能的，可以做任何事情，你看不到我，但是，我卻能跟你說話。

雖然我非常厲害，還是不知道你的腦海中在想些什麼。我真希望和

你做朋友。如何呢?和我做朋友吧!把你發明的祕密告訴我。如果你願意,你要多少錢我都可以付給你。

我知道可怕的大發明將會震驚世界,甚至可能會毀滅世界。很多人都想買你的發明,其中甚至包括外國間諜呢!但是,你卻不願意賣給任何人。

我是全能的,能夠辦到任何事情。既然你不想要錢,那麼告訴我,你想要什麼,我會達成你的心願,我無所不能。

怎麼樣?你答不答應啊?只要成為我的同志,你就會凡事順利;如果你堅持要做我的敵人,那麼,我可是個厲害的對手喔!到時候不知道你將會遭遇什麼悲慘的命運。把秘密告訴我吧!快點回答。」

「不要!」

博士仰躺在床上,以激動的的語氣回答。

「我這個發明是為了國家而做的。不,應該說是為全人類而做的。

這個發明一旦落入壞人之手，將會發生很可怕的事情，到時候可能會毀滅全世界。

連政府都還不知道的發明。如果告訴你，則可能會發生很可怕的事情。我不會對任何人說的。因為這是甚至會結束一切的可怕發明。我不可能把這個大發明賣給像你這樣的怪物！」

博士的意志非常堅定。

「嘿、嘿、嘿……，不愧是遠藤博士，佩服、佩服。我看你還能夠撐得了多久。為了得到這個發明，我早已擬定大計畫，那是出乎你意料之外的計畫喔！

我一定會讓你大吃一驚的。咱們走著瞧！別怪我毫不留情，貴府將會發生可怕的事情。到時候你就會欲哭無淚，後悔莫及。」

即使聽到這些威脅的話，博士依然沈默不語。他下定決心不再理會怪物。

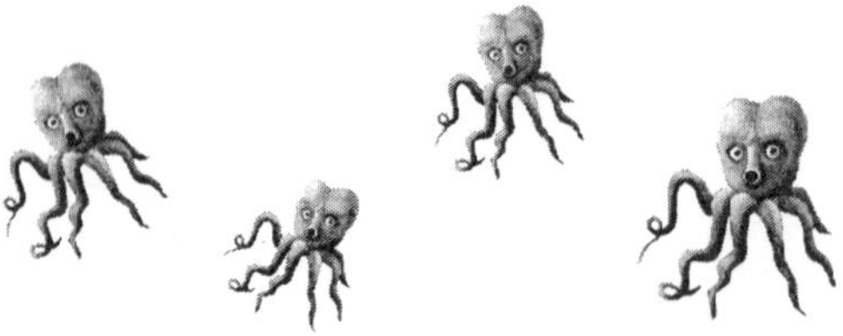

「好，咱們走著瞧！」

聽到這令人害怕的低沈聲音之後，就再也沒有聽到任何聲響了。

看不到身影的怪物已經離開房間了。

第三天傍晚，就讀中學一年級的遠藤治郎，在房間的桌前看書。

窗外颳起暴風雨，庭院中許多樹葉都被暴風吹落，正在空中四處飛舞著。

治郎的視線離開書本，看著眼前的玻璃窗。

「啊！」

治郎叫了一聲，從椅子上站了起來。

眼前玻璃窗戶上，出現一個大大的字母M……。不是用手寫的，而是許多被風吹落的樹葉黏在玻璃窗上，形成一個字母M。

# 研究室之怪

第二天一大早，治郎來到庭院檢查玻璃窗，找到窗戶上出現神奇景象的理由。原來怪人不知道什麼時候偷偷的溜到庭院裡，用黏著劑在玻璃窗上寫著大大的一個M字。一旦落葉陸續附著在上面，就變成一個M的圖案。

知道原因後，就不再感覺害怕了。沒想到電人M竟然能夠溜入庭院裡做壞事，真的讓人感覺害怕。

治郎上學時，把這件事情告訴同班同學森田。森田是少年偵探團的團員，他立刻回答道：

「還是和明智先生商量好了。在此之前，可以先和小林團長商量，他一定有好點子。」

放學後，森田帶著遠藤治郎少年來到麴町的明智偵探事務所。

明智先生不在，但是小林少年在事務所裡。小林高興的接待他們。經過商量之後，小林說道：

「我也知道電人M，他曾經把我叫到日本橋的M大樓去。後來我開車跟蹤他到月世界。原本我以為電人M只是個廣告宣傳的人物，現在看來並非如此。那個月世界可能隱藏什麼陰謀。

電人M為了獲得你父親的祕密，可能會把你抓走。好，就由我們來保護你吧！

今天晚上，可能會發生事情。我和森田一起用明智一號汽車送你回家，並且留在你家周圍監視。萬一遇到突發狀況，則可以利用無線電呼叫巡邏車支援。無論發生任何事情，我們一定會保護你！」

小林少年信心十足的向對方保證。

當天晚上，遠藤博士家又發生了怪事。

過了晚上九點，原本待在研究室工作的遠藤博士，暫時放下手邊的工作，前往餐廳喝茶。當他走在走廊上準備返回研究室時，遇到了助手木村青年。

木村看到博士時嚇了一跳，呆立在原地。

「啊！博士！你不在研究室裡啊？」

木村緊張的詢問。

「是啊！我剛才去餐廳喝茶，現在正要回研究室去。」

聽到博士的回答，木村露出奇怪的表情。

「真是奇怪！博士，剛才你叫治郎少爺到研究室，我才剛剛把他帶過去。既然博士不在研究室裡，那麼，又是誰下的命令呢？」

「你看到我了嗎？」

「不，我只是聽到聲音！研究室的門稍微打開，聲音傳到我的房間裡，我並沒有看到博士的臉。」

「真奇怪！快過去瞧瞧。我並沒有叫治郎到研究室啊！」說著，兩人快步跑到研究室前。準備打開門時，發現門從內部上了鎖。房裡傳來治郎的大叫聲。

「不要！我不要跟你去。」

「你說什麼都沒有用！跟我走！」

是那個好像機械轉動的聲音，是電人M。他不知何時偷偷的溜進研究室，正準備綁架治郎。

「快來人啊！……救命啊……」

房裡傳來治郎求救的聲音。

博士不能再猶豫了，立刻用身體撞門。連續撞了好幾下，終於聽到絞鍊鬆脫的聲音。門被撞開了，出現一個可以供人鑽入的縫隙。

博士跳入房內一看，發現裡面空無一人。鐵窗並沒有遭到破壞，仔細找尋，卻沒有發現任何人。

難道鐵人利用魔法使身體消失了嗎？不光是鐵人，就連治郎也消失了。其中到底有什麼祕密呢？

## 藍色汽車

就在研究室裡發生怪事的同時，博士家的外面也同樣發生奇怪的事情。

一部藍色汽車停在遠藤博士家的水泥牆外。汽車關上車頭燈，好像正在等待什麼似的停在原地不動。

不久之後，博士家的門內鑽出一個大的身影，原來是怪機器人電人M。塑膠臉上閃爍兩道紅色電光的電人，迅速的走近汽車。

電人M的鐵臂下夾著一大團東西。原來是手腳被綁住、嘴巴被塞東西的少年。

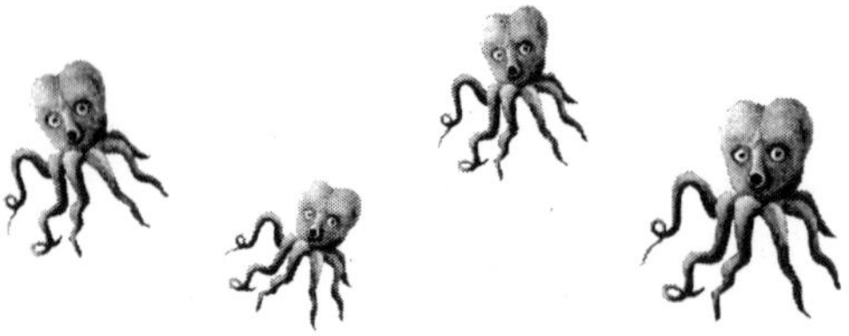

啊！是遠藤治郎。少年好像昏了過去，可能是被麻藥給迷昏了。

汽車駕駛趕緊打開後座的門，電人M把少年放入後座，自己也跟著坐上車子。雖然是一部大型汽車，但是，電人M的身軀龐大，無法正坐在汽車裡，只能夠橫躺著進去。

隨著車門啪的一聲關上，車子立刻開走。

當藍色汽車來到巷口正準備轉彎時，沿著遠藤家的圍牆，有另一部黑色汽車開了過來。黑色汽車開始跟蹤電人M的汽車。

後面那部汽車上坐著三名少年。抓著方向盤的是小林，坐在後座的則是治郎的好友森田少年和口袋小鬼。

從傍晚開始，三名少年就一直在遠藤家附近監視著。發現電人M抓著治郎並且坐上汽車時，三人立刻跑向停在附近的明智一號，開始進行跟蹤。

「記住，那個車子的車牌號碼是3……2458。」

森田說著。

「六〇年代的藍色雪佛蘭（一九六〇年代美國GM公司製造的著名高級轎車）。」

手握方向盤的小林少年說著。

電人M搭乘的雪佛蘭來到大街上持續奔馳，從豐島區進入練馬區。練馬就是月世界旅行樂園的所在地。難道電人M想把治郎帶到那裡去？

不，事實並非如此。電人M的車子停在某個住宅區的門前，大門旁車庫的鐵門緊閉。

駕駛從車上跳了下來，用力拉開鐵門後回到駕駛座上，把汽車開入車庫裡並且立刻關上門。

電人M、治郎少年與駕駛依然坐在車上，一起關入車庫中。

小林等三名少年下了車，躲在電線桿後看著眼前的這一切。

「真奇怪，直接坐在車上進入車庫中。難道車庫後方有出入口。口

袋小鬼，趕緊調查車庫後方。」

當小林這麼說時，口袋小鬼「嗯」的應了一聲並且立刻跑開。身材矮小的口袋小鬼頓時消失在一片漆黑中。

口袋小鬼好像猴子一樣的爬上鐵門，觀看庭院中的情景，並且繞到車庫後面，調查是否有其他出入口。

車庫是建造在庭院中的四方形小屋，兩側後方都是水泥牆，並沒有任何出入口。因此，電人M、治郎少年與駕駛應該都還在車庫裡。

口袋小鬼確認之後，迅速跳過鐵門回到小林的身邊，詳細報告觀察經過。

「好，趕緊呼叫巡邏車過來。」

小林說著，取出汽車裡的無線電話機。嘴巴對準話筒說道：

「明智偵探事務所。小植在嗎?趕快撥一一〇報警。告訴他們我追蹤電人M到練馬區。M現在在車庫裡，請警察立刻趕過來逮捕他們。」

說完之後詳細告知車庫所在地。小植馬上打一一〇電話報警。附近的巡邏車應該兩、三分鐘就會趕到了。

在這段時間內，小林等人依然躲在電線桿後面，目不轉睛的盯著車庫。車庫的門並沒有打開過。

電人M到底在狹窄的車庫中做什麼？

終於有一部巡邏車開了過來。後方跟著第二部巡邏車，接著又有第三部巡邏車開了過來。

三部白色的巡邏車都沒有響警笛。他們知道電人M躲在車庫裡，為了避免打草驚蛇，因此，在接近現場時都關上警笛。

三部巡邏車上一共下來六名警察。小林跑到警察的身邊，敘述之前發生的事情。警察們拿著手電筒，慢慢走向車庫門。

啊！電人M已經成為甕中之鱉了。車庫門外有六名警察，在警察的包圍下，即使是力量強大的機器人，恐怕也無法逃走了。

# 不可思議

兩名警察將手擺在車庫門上準備開門，但是卻推不動門，好像從內部上了鎖。看到這種情況，警察按下門鈴，把這家人帶了過來。五十歲左右的主人和年輕的祕書在聽到電人M的消息時都嚇了一跳，拿起鑰匙跑了出來。六名警察和小林等三名少年及主人全都站在車庫前，好像圍牆一樣的擋在那裡。祕書把鑰匙插入鑰匙孔開始轉動。

鐵門開始逐漸朝兩側打開。完全打開之後，發現裡面一片漆黑。

三名警察拿著手電筒，照車庫裡的藍色雪佛蘭。

「咦！並沒有人啊！」

汽車裡面空無一人。仔細檢查座位下方以及行李廂，但並沒有發現任何人。

車庫中很擁擠，停入汽車後剩下的空間不多。三面都是水泥牆，地上除了水泥地之外，還蓋有鐵板，但也沒有發現祕密通道。

「啊！真的是3……2458。電人M確實是搭乘這輛車沒錯。」

小林看到車號之後大叫著。

警察們敲敲牆壁和地板，甚至鑽到汽車下方檢查，但是，都沒有發現任何可疑之處。

「小林，你確定他們進入車庫裡嗎?你會不會看錯了?」

一名警察滿臉疑惑的說著。警察們都知道小林是明智偵探的著名少年助手。

「錯不了的。那個傢伙和治郎的確上了車。車子進入車庫後門立刻關了起來。我們的視線一直盯著這道門。真是不可思議。難道那個傢伙會變魔術?」

所有的人都百思不解。啊!這到底是怎麼回事?

警察詢問站在一旁的主人：

「這是你的車嗎？」

「是啊！六〇年代的雪佛蘭，還有車牌號碼呢！電人M是不是偷開我的車子啊？」

「也只能這麼猜測了！那個傢伙可能偷了汽車和這道門的鑰匙。最近你的鑰匙曾經失竊嗎？」

「啊，對了！一週前兩把鑰匙曾經不見。但是，兩天之後鑰匙又出現在書桌的抽屜裡。我還以為是自己隨手擺在抽屜裡而忘了呢！可能當時就被偷走而拿去複製，然後又物歸原主。」

主人懊惱的說道。主人名叫櫻井，是貿易公司的董事。

電人M的確是個怪物。能夠輕鬆辦到一般人無法做到的事情，真是太神奇了。

幾天前的晚上，電人M走下遠藤博士家的樓梯，鑽入研究室後即告消失。

甚至就在木村助手的面前，這個隱形傢伙在研究室的牆壁上寫下大大的一個M字。

同一天晚上，佯裝博士的聲音把治郎少年叫到研究室。雖然聽到治郎和電人M爭執的聲音，但是撞開門一看，研究室裡卻空無一人。

研究室的窗戶全都安裝鐵窗。天花板、地板與牆壁上都沒有任何祕密出入口。在宛如密室的研究室中，不僅是電人M，就連治郎少年也都消失了。

現在這個車庫也很不可思議。地面鋪設鐵板，周圍有水泥牆圍繞，應該無處可逃才對，然而關在裡頭的三個人竟然全都消失了。

這個謎團該如何解開呢？

其中當然有眾人沒有察覺到的祕密。電人M這個怪物的確很聰明，他能想出巧妙的計謀，但是，祕密終究會被揭穿。

在這個事件的背後，還隱藏著一個更大的祕密。那就是遠藤博士到底發明了什麼。如果不當的使用這個大發明，則世界將會毀滅。這個發明不是氫彈或原子彈，因為這些都已經被發明出來了。

電人M略知遠藤博士的發明，因此，想要把這個祕密佔為己有。

萬一讓電人M這個壞蛋掌握大發明的祕密可就糟了，接下來不知道將會發生什麼可怕的事情，所以一定要加以阻止才行。

惡名昭彰的電人M，竟然綁架遠藤博士的孩子治郎，難道他想要以治郎為人質，脅迫博士交出發明的祕密嗎？

沒有人知道治郎被帶到哪裡去。治郎會不會遭遇悲慘的下場呢？

## 名偵探出場

小林少年和口袋小鬼無計可施，只好暫時回到偵探事務所。當時已經是晚上十一點了。

外出辦事的明智偵探已經回到事務所。小林少年和口袋小鬼一起來到書房，將晚上發生的怪事詳細的報告。

車庫裡的人不可能無緣無故的消失。而遠藤博士的家中也發生許多不可思議的事情。

已經有好幾個人，從遠藤博士的研究室消失。

幾天前的晚上，電人M從二樓跑下來，沿著走廊進入研究室。走廊盡頭沒有任何出入口，只有研究室和木村助手的房間，但是，電人M竟然在那裡消失了蹤影。

研究室和木村助手房間的窗戶上全都安裝了鐵窗，即使是電人也應該無法穿越窗子逃走。

昨天晚上，電人M和遠藤治郎從研究室裡消失。在博士離開研究室時，電人M偷偷的溜了進去，模仿博士說話的聲音，吩咐木村助手把治

郎帶到他那裡去。治郎進入研究室時，電人M正等著抓他。

博士來到研究室門外時，發現門上了鎖，門內傳來電人M和治郎的爭執聲。

當博士撞開門進入研究室之後，發現裡面空無一人。鐵窗並沒有被破壞，但是，先前在研究室裡爭執的兩個人卻消失無蹤。看來電人M可能會使用隱身術，不僅可以使自己消失，也能使其他人消失。

另外，還有許多不可思議的事情。在博士和木村助手的眼前，有個無聲無息的傢伙在研究室的牆壁上寫了一個大大的M字。博士汽車車頭燈的玻璃上也被寫了M字，並且映在圍牆上。

還有，當博士在寢室休息時，雖然房內空無一人，但是，卻傳來了電人M的聲音。

今晚在櫻井家的車庫，又同樣發生不可思議的事情。

「老師，那個傢伙真的是魔術師嗎？」

小林少年報告後問道。明智偵探微笑著回問：

「你認為呢？你覺得是魔法嗎？」

小林想了一會兒回答道：

「我不這麼認為。」

「喔！那麼這些不可思議的事情到底是怎麼回事呢？」

「是電人M的圈套吧！」

「那麼這個圈套的祕密是什麼呢？」

「我不知道！老師，這就要借助您的智慧了！我真的不知道。」

「嗯！確實要調查。明天我就到遠藤博士家去拜訪。小林，電人M是個難纏的對手，接下來可能會發生意想不到的事情，你等著瞧吧！口袋小鬼，我有事情要你幫忙，這是很適合你的工作喔！」

明智偵探和平常一樣，笑著低聲說道。

# 天花板上的眼睛

第二天上午十點左右，明智偵探帶著小林少年來到遠藤博士家。但是在更早之前，也就是上午八點時，博士家發生了怪事。

有一名身穿灰色毛衣、灰色褲子，頭上深戴灰色貝雷帽（無簷圓軟帽）宛如幼稚園學生的孩子，出現在遠藤博士的家門外。他像小松鼠一樣，從空無一人的房間窗戶偷偷的溜入博士家中。

身材矮小、穿著灰色衣服的小孩走出房間，來到了走廊，觀察周遭的情況之後，好像貼著牆壁似的朝廚房接近。在微暗的走廊上，都沒有被人發現。

接近廚房時，來到一個櫥子的前面。

灰衣人悄悄的打開櫥子的門，爬入櫥子裡並且關上門，裡面變成一片漆黑。

突然啪的一聲出現光亮，原來孩子拿著手電筒。手電筒往天花板照射，這是一個鑲著木板的普通天花板。將天花板往上一推，天花板開始移動。原來是一個為了便利電燈工程而設計的活動式天花板。

遠藤博士家是一棟古老的木造洋房，共有兩層樓，其中一部分是平房，屋頂內側有縫隙，可以自由的進入。

小孩推開天花板爬了上去，躲在屋頂內側。

聰明的讀者，相信大家都知道這個孩子是誰了。不錯，就是口袋小鬼。他奉明智偵探的命令進行這項冒險。

一般而言，大部分住宅都將進行電燈工程的活動式天花板設在廚房附近的櫥櫃裡。

口袋小鬼清楚這一點，因此，很快的就找到了出入口。

小鬼平躺在布滿灰塵與蜘蛛網的天花板內側，邊用手電筒照射，同時靜靜的移動身體，逐漸接近目標房間的上方。

「啊！就是這裡！」

口袋小鬼從天花板的四方形小洞往下看，喃喃自語的說著。

那是通往下面房間的空氣孔。

孔的下側有鐵絲網，透過鐵絲網可以看到房間的情況。

下方到底是誰的房間？

口袋小鬼當然知道。但是，我們還不知道。

房裡有床和桌子，桌上擺著書，旁邊有一把椅子。是一間非常簡陋的房間。

口袋小鬼透過天花板的洞穴，一直注視著下方房間的情況。

終於有人走進下面的房間。接下來發生一些奇怪的事情。口袋小鬼心跳加快，一直看著進入房間的人的行動。

看完之後，口袋小鬼再度繞著整個住宅的天花板內側爬行，陸續發現了許多祕密。後來趁機溜出博士家，搭乘計程車回到偵探事務所，立刻向明智偵探報告結果。

後來，明智偵探和小林少年來到遠藤博士的家拜訪。

## 秘密箱

明智在離開事務所之前，打電話給警政署的好友中村警官，兩人不知道商量了些什麼事情。偵探也打電話給遠藤博士，預約拜訪的行程。後來就駕駛明智一號汽車前往博士的宅邸。

兩人到達後，博士請他們到客廳，詳細說明日前發生的事情，同時拜託明智偵探幫忙。

「看來你的住宅很可疑，我想搜查你的住宅。你的助手木村先生在

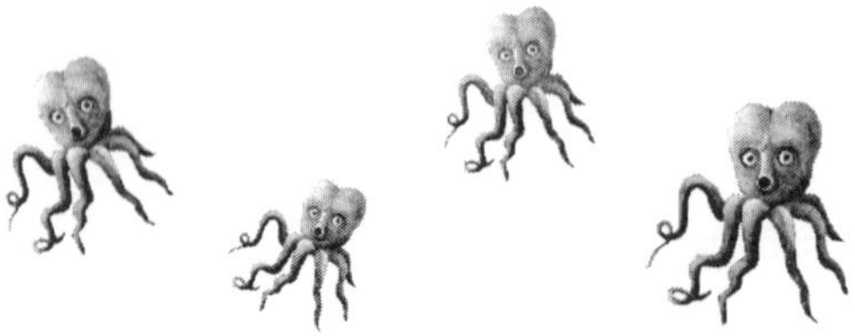

嗎？」

「他在房間裡。他的房間就在研究室前面。」

「是嗎，我也想見見木村先生。」

在遠藤博士的帶領下，明智和小林少年進入研究室仔細的檢查，甚至拿梯子爬上天花板查看。

接著，來到木村助手的房間。

木村從椅子上站了起來，驚訝的迎接眾人。

博士向木村介紹明智偵探。

「木村先生，今天整個住宅都要詳細搜查。之前我們已經搜查過研究室，你的房間就在研究室的旁邊，因此，想要一併檢查你的房間。」

明智偵探說著，在房間裡到處走動檢查。

「解開謎團的關鍵，就在於四方形窗子和祕密箱。有妖怪從窗子跳進來，箱子裡也有妖怪出現。我要找出窗子和箱子。」

明智偵探說出奇怪的話。

「窗子？研究室和這個房間全都安裝了鐵窗啊……」

博士感到很奇怪的說道。

「不，不是這個窗子，而是另外一種窗子。待會兒你就會知道了。還有祕密箱。我要從這個房間裡找出來。就好像箱根工藝品（箱根地方製造的木頭工藝品）的祕密箱一樣，一定在這個房間裡。」

偵探說出更奇怪的話。

「咦！在這個房間裡？這個房間除了床和桌子之外，並沒有其他東西呀？雖然有櫥櫃，但是你看，裡面什麼都沒有啊！」

木村助手說著，打開櫥櫃讓明智偵探看。

「不可能在這麼明顯的地方。箱根工藝品一向以精密著稱，因此，箱子一定是藏在令人出乎意料之外的地方。你看，就在這裡！」

明智偵探走近床鋪，突然掀開床罩與毛毯，甚至連墊被都掀開了。

「啊！你在幹什麼！這是我的床耶！沒什麼可疑的。」

木村助手驚訝的發出聲音制止。

「但是，這個床裡有祕密呀！你可能不知道，這就是箱根工藝品的祕密箱。」

明智偵探把寢具全部掀開，抬起一個好像床板似的東西。板子變成蓋子，下方出現一個大箱子。也就是說，床墊下面有大箱子。

長一公尺二十公分的箱子裡面有奇怪的東西。明智偵探一把抓出了東西，展現在眾人面前。

「啊！是電人M。」

小林少年叫了一聲。

沒錯，是電人M脫下的外殼。好像蟬脫殼似的，電人M將塑膠做的大臉、黑色薄鐵打造的機器人的衣服都藏在箱子裡。原來真的有人穿上這些裝備假扮成機器人。

機器人的道具就藏在木村助手的床鋪內，這到底意味著什麼？

正當眾人訝異萬分時，聽到了敲門聲。

站在門邊的遠藤博士打開門來，門外出現三位穿著西裝的人。

「啊！中村先生，你來得正好，已經發現一個祕密嘍！」

明智偵探笑著和他打招呼。

「明智先生，之前你打電話叫我來這裡。我依照你的指示，在正門和後門各安排三名警察守衛。這兩個人是我這一課的警察。」

「呃！來得好，你們都到這裡來。犯人就在這戶人家裡面。」

「就在這戶人家裡面？」

「嗯，待會兒就知道了。進來守在門邊吧！」

明智偵探將剛才的事情說了一遍，同時用手指著床下箱子中的另外一個東西。

「這是錄音機。電線從箱子的角落延伸到床下，沿著地板縫隙，從對面的柱子側面一直延伸到天花板的通氣孔裡。電線隱藏在柱子和牆壁的縫隙裡，因此沒有人發現。

遠藤先生，之前我所說的四方形窗子，就是指天花板的通氣孔。不只這個房間，研究室和你的寢室也有同樣的通氣孔。這個錄音機的電線一直連接到兩個房間的通氣孔上方。今天早上，青少年機動隊的口袋小鬼已經溜入天花板裡檢查過了。」

「啊！是嗎？這麼說來，我在寢室聽到的聲音，以及研究室裡電人M和治郎爭執的聲音，都是從這個錄音機放出來的？你是說通氣孔的上方裝有擴音器？」

博士似乎已經了解一切，一邊點頭一邊說道。

「沒錯。錄音機適時的播放電人M的聲音以及和治郎非常類似的聲音。這麼一來，就可以解開密室的謎團。當電人M和治郎爭執的聲音出現時，事實上研究室裡空無一人，聲音是從擴音器裡傳出來的。」

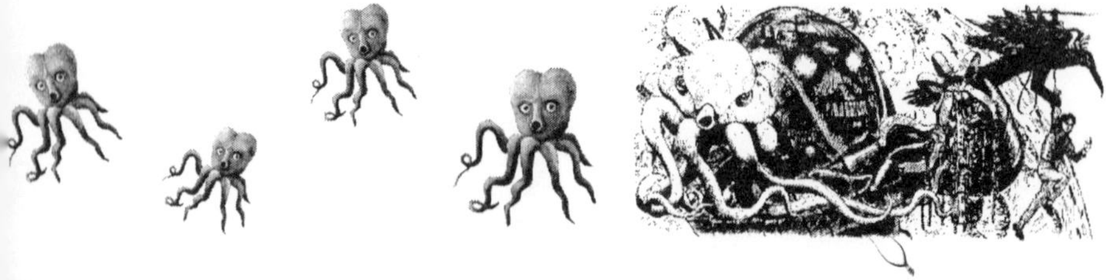

「那麼，當時治郎在哪裡？」

「在祕密箱中啊！」

「咦！如此說來，這個……」

「是的。被藏在這張床下的祕密箱中。治郎的嘴巴可能被塞上東西了。」

「是嗎？等到騷動停止之後，再把他帶到外面，讓他坐上汽車。但是，我還是有許多不明白的地方。前一天晚上電人M從樓梯走下來時，的確是朝著研究室走去。這個走廊是唯一的通路，電人根本無處可逃，但是，他並沒有離開走廊就消失不見了。」

博士感到懷疑的問道。

「當電人M朝著研究室的方向走去後不久，木村是不是從這個房間走了出來。當你拿著槍守在走廊上時，出現在你眼前的不是電人M，而是木村吧！」

「說的也是！難道……」

博士說到這裡發出了驚叫聲。

這時，木村助手突然跑到門邊，但是，卻被守在那裡的中村警官等人擋住。

各位，木村為什麼要逃走？難道他是犯人的同夥？還是……。

「有關木村的事情稍後再說。我還有一些事情要對遠藤先生以及中村警官說明。仍有許多謎團沒有被解開。

相信各位已經知道研究室的牆壁以及汽車車頭燈上出現M字的祕密了。當遠藤先生走出研究室時，剩下木村留在裡面，博士回到房間一看，發現牆壁上出現一個大的M字，那正是木村寫的。他利用黑色蠟筆迅速寫下了這個字。

至於汽車車頭燈上面的M字，遠藤先生參加會議後，於返家途中送朋友回家時曾經停下汽車，木村趁機在玻璃上寫下字。因為事前就知道

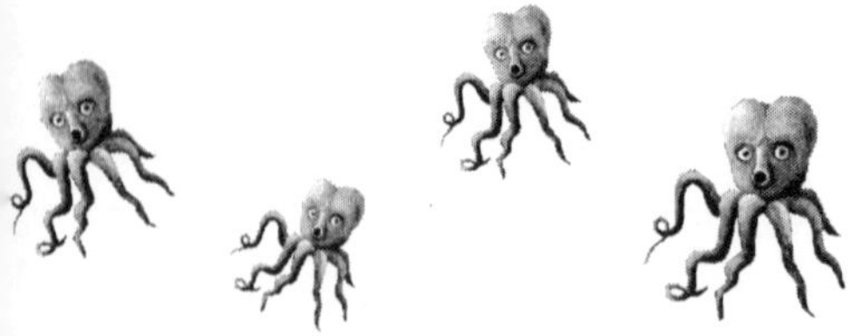

博士要送朋友回家，因此木村可能先一步在那裡等待。晚上一片漆黑，趴在地面上於車頭燈上寫字，連駕駛也不會發現。」

## 木村助手的真實身份

明智偵探繼續說道：

「電人M還有另外兩個秘密。其中一個就是，電人M連續幾個晚上走下樓梯，朝著研究室的方向走去，然後就消失蹤影。走廊的盡頭只有研究室和木村的房間，兩邊都設有鐵窗，因此不可能逃走。身材巨大的電人M，竟然能像煙霧般消失得無影無蹤。

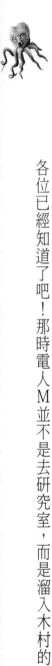

遠藤先生拿著手槍，在樓梯下的走廊上等待時，從走廊盡頭走過來的卻是木村。

各位已經知道了吧！那時電人M並不是去研究室，而是溜入木村的房間。他迅速脫下電人M的裝扮，並且藏入床鋪下的祕密箱裡，再趕緊回到還在走廊上等待的遠藤先生那裡。」

聽到偵探這麼說，遠藤博士懷疑的問道：

「當時走過來的人的確是木村。難道假扮成電人M的是木村？」

「沒錯，這個男子就是電人M。他想要偷走你的發明，因此，假扮成助手住在這裡。因為你一直不願意說出祕密，所以他只好綁架治郎，想要利用人質交換你的發明。」

博士繼續問道：

「但是很奇怪！木村曾經在神社的森林中被電人M威脅。如果說木村假扮為電人M，那又該如何說明神社事件呢？」

「這個事件是木村自己說的，並沒有其他人看到。這可能是他自己捏造出來的故事。」

「呃！是這樣嗎？原來那些全都是謊言。」

博士好像很佩服似的，看著站在一旁的木村助手。

年約二十五、六歲的木村青年，看起來並不是很聰明，他怎麼可能是可怕的電人M呢？真是令人匪夷所思。

「木村很窮，怎麼可能有錢打造電人M那套昂貴的裝扮呢？」

「他才不窮呢！這個傢伙是個有錢人！」

「咦！你是說這個木村嗎？」

「是啊！你看他長得一副青年的面貌，事實上，他的年紀已經很大了。這是一張假臉孔。」

明智瞪著木村助手，說出奇怪的話。

「木村，我知道你是誰。你還是表明真實身份吧！」

偵探以激動的語氣說著。突然聽到「哇哈、哈、哈……」的笑聲。可怕的笑聲響徹房間。眾人嚇了一跳。正在狂笑的是木村助手。

木村在大笑的同時轉頭面對牆壁，用雙手遮住臉龐，當他再次回頭看著眾人時，大家都嚇了一跳。

之前的木村助手消失了，變成一張完全陌生的臉龐。

「哇哈、哈、哈……，明智先生，好久不見啦！你還是寶刀未老，不過我還沒有輸呢！」

眼前這名男子看起來大約三十五、六歲。原本看起來非常忠厚老實的木村，頓時變成一張可怕的臉。

遠藤博士感覺彷彿置身於夢境一般。只不過把臉面對牆壁，一轉過頭來時，助手的臉竟然變成一張可怕的臉孔。中村警官和刑警們都大吃一驚。

「電人M的確是非常奇特的想法，對吧？二十面相。」

明智偵探微笑著說道。

啊！二十面相！假扮成電人M的木村助手，真實身份竟然是可怕的二十面相。擁有二十種不同面貌的變裝高手，可以從二十五、六歲的青

年變成三十五、六歲的男子，技巧的確非常高明。就在轉頭面對牆壁的瞬間，立刻擦掉臉上的化妝。

「真的嗎？你真的就是二十面相嗎？這次你逃不了了！」

中村警官大叫著。

「中村先生，好久不見了！你的精神看起來不錯嘛！不過你不必擔心，我會乖乖跟你走的。你趕緊為我銬上手銬。不過我還沒有輸呢！我的智慧深不可測哦！哈、哈、哈……」

「你還在逞強！這次絕對不會再讓你給溜走了。」

中村警官說著，用眼神指示一旁的刑警。刑警跑了過來，立刻將手銬銬在二十面相的手上。

「哈、哈、哈……，這麼一來我就無法逃走了，你放心吧！但是，明智先生，你還有一件事情沒有說明。就是那個車庫的祕密，你能解開車庫的謎團嗎？」

二十面相得意的詢問。

「還沒有調查出來！只要到車庫看看就知道了。要和你鬥智，我是不會輸的。」

明智偵探微笑著回答。

「好！我跟你到車庫那裡去。就在我的面前解開祕密吧！」

怪人說出了更大膽的話。

聽到怪人這麼說，中村警官皺起眉頭。

「應該先救出遠藤治郎才對呀！治郎在哪裡？」

「這和車庫有關，因此，你們一定要先帶我去車庫，否則無法救回治郎的。」

「治郎是不是被藏在車庫的某個地方？」

「這我可不知道囉！也許明智先生知道吧！對不對？聰明的明智先生，你說說看。」

事情越來越離奇了。二十面相打算前往車庫和明智鬥智。警方會向犯人妥協嗎？如果不這麼做，就不知道治郎被藏在什麼地方。沒辦法，中村警官只好勉強答應。

明智偵探並沒有看過車庫。他說只要前往車庫，就可以立刻識破祕密，偵探真的能夠辦到嗎？

## 車庫的祕密

時間已經過了中午，因此，大家先吃午飯。刑警拿掉二十面相的手銬，好讓他方便吃飯。在正門與後門看守的六名刑警也吃了便當。午餐後，眾人搭乘四部汽車趕往練馬區的櫻井家。

明智偵探、小林少年和遠藤博士搭乘第一部車子；第二部車子上搭載三名刑警；中村警官和兩名刑警在第三部車子上，並將二十面相包夾在中間；第四部汽車搭載其餘三名刑警。這麼小心的安排，相信二十面相應該無法逃走。

眾人終於到達櫻井家的車庫前。這是一個非常寂靜的巷道，附近有籬笆，許多住家的庭院都非常寬廣。周圍的草木青翠，一片寂靜，是一個很少有人通行的區域。

眾人陸續下了車，八名刑警包圍戴著手銬的二十面相。

由小林少年帶路，明智偵探和中村警官進入櫻井家，說明想要調查車庫的來意。

櫻井先生正為車庫的離奇事件感到困擾，因此，爽快的答應對方的請求。他帶著駕駛來到門口。

駕駛打開車庫的門，藍色汽車還停在原位。

明智偵探單獨進入車庫內調查，不久之後，微笑著走了出來。

「接下來，我要做一個實驗。請你把這部藍色汽車開出來，讓我的

汽車進來。」

依照明智偵探的吩咐，櫻井家的駕駛坐上藍色汽車，將車子開出車庫。

「大家仔細看看會發生什麼事情！」

明智偵探說著，和小林少年一起坐上明智一號汽車，將車子靜靜的駛入車庫。

「請關上車庫的門。但是，在沒有聽到內部傳出喇叭聲之前，請不要開門。」

明智偵探從車庫內的車窗，探出頭來大聲說道。櫻井先生的駕駛，隨即關上門。

接著到底會發生什麼事情，大家鴉雀無聲的一起看著車庫門。

大約十分鐘後，車庫裡傳來了喇叭聲。駕駛趕緊打開門。

明智一號還停在那裡。

「大家進來檢查看看。」

車內的小林少年大叫著。

中村警官、遠藤博士與櫻井先生進入裡面。

「咦！明智先生呢？」

中村警官問道。

「老師消失啦！」

「真的嗎？這到底是怎麼回事？」

中村警官疑惑的檢查汽車下方、坐墊下與行李廂。所有可疑的地方全都仔細的檢查過了，就是沒有發現明智偵探的身影。

警官敲打車庫的牆壁與地上的鐵板，都沒有發現祕密通道。

「真是奇怪！小林，你應該知道祕密吧！趕緊說說看到底是怎麼一回事！」

當中村警官詢問時，小林說道：

「我要說明原因囉，大家都坐上車子，然後從外面關上車庫門。」

警官與博士、櫻井先生三人一起坐上車子，然後請人從外面關上門。

小林走出車外，蹲在車庫的角落不知道在做些什麼。咚的一聲，聽到馬達啟動的聲響。

「咦！汽車正在往下降耶。」

好像搭乘電梯似的，汽車開始往下降落。整個地面的鐵板一起往下移動。

過了一會兒，車庫的天花板和汽車之間出現明顯的距離。

終於來到了車庫下方一間比車庫更寬廣的水泥房間。

明智偵探出現在寬廣房間的右邊，逐漸露出微笑的臉部、頸部、胸部、腹部與腰部，看到偵探的全身了。車庫的天花板上有電燈，光線可以照到這裡來。

「喂！明智先生，原來你在這裡。這真是一個大機關。利用馬達升降車庫的整個地板。櫻井先生，你不知道這個機關嗎？」

中村警官問道。櫻井先生說：

「我怎麼會知道呢？我從另一個人的手中購買車庫，這大概是房子先前的主人設計的機關。」

「事實上，先前的主人就是二十面相或是他的手下。他們為了預防萬一，將房子賣給你之後，就將車庫當成藏身處所。」

明智偵探說道。

「那麼，治郎……，治郎在哪裡？」

遠藤博士打開車門，慌張的詢問。

「我原本也懷疑治郎可能被藏在這裡，但是，事實並非如此。這裡空無一人，不過，我在角落裡發現這個東西。」

順著明智偵探手指的方向，可以看到一個大的圓形玻璃。旁邊有用薄鐵打造成的像鎧甲一般的東西。

「咦！這和之前塞在木村床鋪下祕密箱中的東西相同，是電人M變裝的衣物。」

中村警官大叫著。

「沒錯，那個傢伙在各處都準備了這個東西，以便隨時變裝。」

「為什麼這個鐵板會上下移動呢？是不是有什麼開關？」

「鐵板上面有鐵釘，其中之一就是開關。要在這麼多的鐵釘中找出開關，可不是容易的事情喔！」

「喔！原來剛才小林蹲在角落，就是在找尋開關。那麼，昨天電人M抓住治郎的時候……」

「是啊！地板下降後，他和治郎一起躲在地下室，然後再讓汽車升高。因此，無論如何調查都找不到線索。等到我們大家都回去之後，再讓鐵板移動。利用沒有人在的時候打開車庫門逃走。電人M的裝扮引人注目，所以他在喬裝改扮後，就把衣物全都丟在這裡。」

大家終於完全了解車庫的祕密了。眾人站在鐵板上升了上來，然後走出車庫。

明智偵探走近由八名刑警所包圍的二十面相身旁，說道：

「二十面相先生，怎麼樣，你從這裡應該看到了吧！車庫的祕密已經完全解開了。這次的比賽我獲勝了。」

「嗯！不愧是明智偵探。佩服、佩服。這個車庫是我花費許多錢打造的。賣給櫻井時，並沒有把車庫的祕密告訴他。」

「二十面相最愛做這種事情。為了使世人震驚，你經常不惜耗費鉅資。不過，你必須遵守約定，坦白說出治郎在哪裡。」

但是，沒想到二十面相竟然說出奇怪的話。

「這你就不知道了吧！你真的不知道嗎？」

「真抱歉，我不知道。」

「嗯！名偵探不過是浪得虛名而已。」二十面相心中不禁嗤笑了起

來。而明智偵探也偷偷的轉過頭去暗自竊笑。

真奇怪，這到底是怎麼回事？

「請你告訴我治郎在哪裡。你說過，只要到這裡來，就會告訴我們的。」

遠藤博士哀求的說道。長久以來跟在自己身旁的助手木村，竟然是可怕的怪人二十面相。想到此處，總讓人覺得心裡怪怪的。

二十面相並沒有立刻回答，抬頭默默的看著天空，好像在思考什麼似的。沈默了五分鐘。

沒有任何人開口說話，所有的人好像都變成了木偶人一樣。

首先打破沈默的是明智偵探。

「二十面相，你為什麼不說話？你在想什麼？」

「想絕招啊！」

突然二十面相這麼回答。

「絕招?」

偵探訝異的重複對手的話。

名偵探並沒有想到這一點,因此,當他聽到對方的回答時臉色大變。

# 黑色怪鳥

二十面相看到明智偵探一臉驚慌的樣子,笑著說道:

「難道你不知道二十面相的厲害嗎?我隨時備有絕招。我還沒有被你們抓住呢!」

怪人被十二個人緊緊的包圍,同時被銬上手銬,竟然還說自己沒有被抓住,這到底是怎麼回事?

「你看,就是那個!」

二十面相抬頭看著遠處的天空。

天空中出現好像黑點的東西，並且以驚人的速度朝這裡接近。

原來是黑鳥。不是烏鴉也不是鳶，而是另外一種可怕的鳥。

是老鷹還是鵰？不，東京的天空不可能出現老鷹或是鵰。

大家全都抬頭看著怪鳥。怪鳥的身影越來越大。是一隻比老鷹或鵰更大的鳥。最令人感覺害怕的是，那是一隻全身漆黑的怪鳥。

怪鳥已經逼近眾人的頭上。

普嚕、普嚕、普嚕、普嚕……，耳邊傳來巨響。怪鳥揮舞的大翅膀在地面形成陰影，並且掀起旋風。

眾人發出「啊」的驚叫聲，趕緊蹲在地上。

突然，怪鳥伸長兩隻大黑腳，迅速抓起站在那裡的二十面相，就好像老鷹抓起小雞似的，迅速飛向天空。

「哈、哈、哈……，怎麼樣，知道我的厲害了吧！哈、哈、哈……」

怪鳥往高空飛去的同時，二十面相的笑聲陸續傳來。

怪鳥的身影越來越小，慢慢的變成好像黑點一樣。最後終於完全消失了。

事出突然，眾人茫然的待在原地，抬頭看著天空。

「明智，這到底是怎麼回事？不可能有這麼可怕的鳥吧！」

中村警官詢問抬頭看著天空的明智偵探。

「是直升機！」

「咦，直升機？」

「這是我的疏忽。那個傢伙以前就曾經利用直升機（第九集『宇宙怪人』、第十九集『夜光人』、第二十二集『假面恐怖王』等事件）飛向空中。怪人在螺旋槳下安裝了像鳥一樣的身體和翅膀。幾名手下躲在裡面，雙手偽裝成大鳥的腳，用手抓住怪人逃走了。

我還忘了一點。那就是二十面相是打開手銬的高手。你看，手銬掉在這裡。」

順著明智偵探的手看了過去，地上有一副銀色的手銬。

「在大鳥飛過來時，怪人就已經鬆開手銬，雙手恢復自由後，就可以伸入安裝在大鳥腹部的環狀皮帶裡，藉此支撐身體以免掉落下來。

當大鳥從空中飛下來時，我還沒有察覺到這一點。二十面相的手下一定躲藏在某處，發現首領被帶離遠藤家後就開始跟蹤，然後，再以電話聯絡同夥駕駛怪鳥直升機過來救人。那個傢伙經常做一些出人意外的事情。」

「我們又被那個傢伙給耍了。」

中村警官苦笑的說道。

「不，還沒有輸呢！」

「咦！什麼意思啊？」

「怪人有絕招，我也有絕招啊！」

「啊！你也有絕招！你是說……」

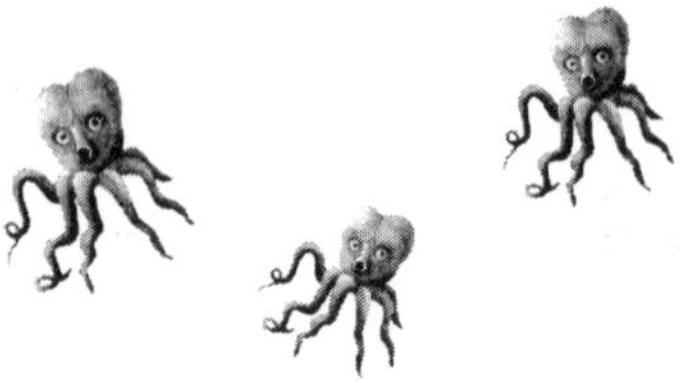

「一切交給我吧！我一定會找出那個傢伙的巢穴。我有辦法到那裡去。」

我們有青少年機動隊的口袋小鬼。小林，叫小鬼過來，他一定能夠小兵立大功。」

「找口袋小鬼來就沒問題了。他可以躲入皮箱裡（第十八集『奇面城的祕密』，偷偷的溜入奇面城呢！）

小林少年微笑著回答。

二十面相的巢穴到底在哪裡？這次口袋小鬼能夠發揮什麼作用呢？

## 紅與綠

換個話題，來看看被二十面相綁架的遠藤治郎少年。

昏迷的治郎從汽車上被扛了下來，經過一段長遠的道路，不知道被運到哪裡去。

治郎不知道到底昏迷了多久，醒過來時，發現自己躺在一間沒有窗戶的房間床上。

一名粗壯的男子好像在等待治郎清醒似的，端著擺了牛奶和麵包的托盤走了過來。

「來吃這個吧！我們會好好對待你的，因為你是我們的貴賓。我們會讓你看屋子裡有趣的東西，你好好的休息一下吧！」

房間沒有窗戶，治郎不知道現在到底是白天還是黑夜。事後想想，這時應該是被電人M綁架的第二天中午。

治郎已經餓了，因此，把牛奶和麵包吃得精光。

飽足一餐的治郎躺在床上，思考逃走的方法。過了一段時間，又有人送食物過來，這次是麵包和牛排。治郎將食物全部吃光。

不久之後，先前的那名男子拿著黑布走了進來。

「準備帶你去看許多有趣的東西嘍！不過，在此之前必須先矇住你的眼睛。」

說著，用黑布矇起治郎的眼睛。

男子隨即牽著治郎，在走廊上穿梭了幾個彎，把他帶到一個奇妙的房間裡。

「你在這裡稍等一下！」

男子拿掉治郎的蒙面布，把他推倒在冰冷的水泥地上。

即使沒有矇上眼睛，眼前依然一片漆黑。這個房間真的非常黑暗，同樣沒有窗子，也許是在地下室吧！

治郎躺在地上，發現眼前一直都是黑暗的。

突然，治郎覺得眼前變成像血液一般的紅色，那是讓人非常害怕的顏色。治郎看著自己的身體，感覺全身好像沾滿鮮血似的。

雖然看不到電燈，不過各處似乎都安裝了隱藏式紅色燈泡。

忽然，房間又變成一片漆黑。

一分鐘後，房裡出現一片綠光。海底般的綠色景象包圍著自己，感覺非常寬廣。怎麼可能會有這麼寬廣的房間呢！

綠光霎時又消失了，房間再度變成一片黑暗。

房間一直沒有再度出現亮光。黑暗一直延伸到眼前幾百公尺遠的地方，那真是一種令人害怕的黑暗。

治郎在黑暗中躺了十分鐘，即使想要逃走也無處可逃。

就在一片黑暗中，突然出現兩個綠色的東西。好像是眼睛，是動物的眼睛嗎？

在附近的黑暗中，又出現了兩道綠光。

正當治郎訝異不已，發現綠光又不斷的增加。最後，終於變成數不清的綠色光芒。彷彿有好幾百隻螢火蟲在樹葉上爬行似的。所有的綠光不斷的移動。

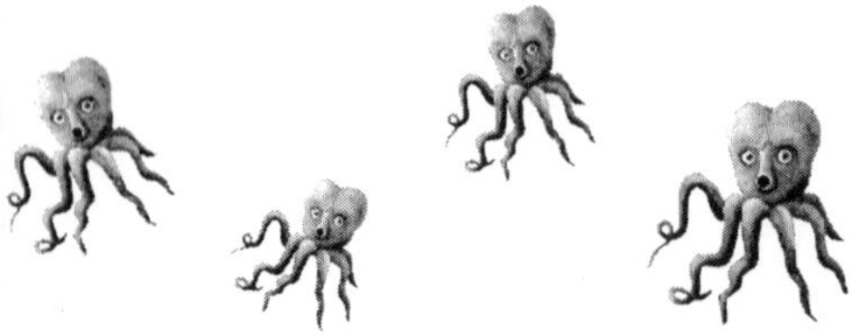

其中幾道綠光慢慢的朝治郎接近。好像不明身份的動物悄悄的靠近獵物。

治郎嚇得雙手扶地，正準備站起來想要逃走時，沒想到卻摸到奇怪的東西。是一種軟軟的、有如橡膠一般的東西。怪物正從治郎的手指慢慢的沿著肩膀往上爬。

治郎用力的甩動手臂，但是，黏答答的怪物，已經纏繞在少年的身上，怎麼甩都甩不開。怪物從肩膀爬上脖子，開始纏繞少年的頸部。

治郎嚇得哇哇大叫。

治郎的叫聲就好像信號似的，周圍頓時變成一片紅色，仍然是像血一般的紅色。就在紅光中，又發現可怕的東西正在蠕動。

是像人類一樣大小的章魚。為人的兩倍大而圓的頭上沒有頭髮，光禿禿的。頭上有兩顆圓圓的眼睛，沒有鼻子，嘴巴尖尖的。軟趴趴的怪物有六隻腳，其中一隻腳緊緊的纏住治郎的脖子。

章魚的腳上應該有吸盤，但是，這隻章魚的腳卻是扁平的，上方沒有任何東西。

原來不是章魚，只是類似章魚的妖怪。怪物可怕的頭，朝著治郎的臉靠了過來。

「哇！」

治郎嚇得大聲驚叫。

突然，擋在少年眼前的怪物的大頭移向側面，終於看到妖怪的背面了。

眼前的這一幕，讓治郎的心臟都快要跳出來了。

在如血液般的紅光照射下，看到幾百隻禿頭章魚在房間裡爬行。牠們用六隻腳站了起來，不斷的晃動大頭。

啪的一聲紅光消失，變成好像幾百隻螢火蟲不停的穿梭移動，身上全都帶有綠光。這次似乎是遇到海底的禿頭章魚。

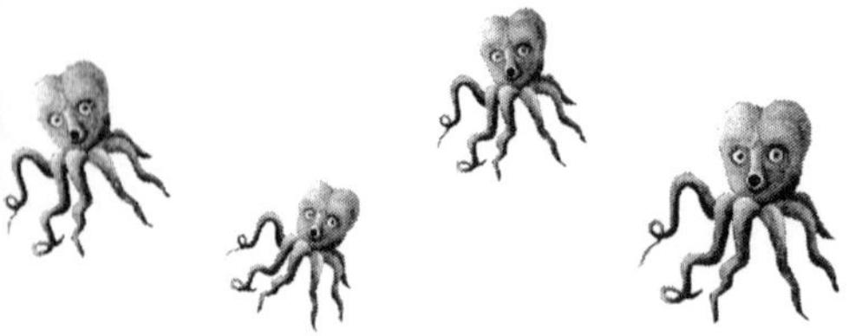

治郎非常害怕。他知道這些傢伙並不是禿頭章魚，而是和電人M同樣震驚全國民眾的火星人，也就是出現在自己家中樓梯上的電人M肩膀上的怪物。

為什麼會出現那麼多怪物呢？這裡到底是什麼地方？難道治郎已經進入宇宙之旅，到達遙遠的星球了嗎？

耳邊聽到嘎——嘎——可怕的聲音。原來是章魚妖怪的叫聲。

是火星人的叫聲！

綠光突然消失，然後又變成了紅光。綠光、紅光、綠光、紅光，燈光不斷的變化，而且越變越快，讓人覺得天旋地轉。不僅如此，一大群章魚妖怪慢慢的朝治郎簇擁過來。

治郎的周圍，全都是圓臉、圓眼珠和軟趴趴的腳。怪物不斷的擠過來，就快要將治郎給壓扁了。

## 黑色少年

櫻井家的車庫門突然打開來，兩名少年偷偷的溜了進去。

這是二十面相被黑色怪鳥救起、往高空飛去後，經過一個小時所發生的事情。溜入車庫的少年之一是小林，另外一名則是全身漆黑的矮小孩子。

矮小孩子穿著黑色運動衣、黑色褲子與黑色運動鞋，全身漆黑的裝扮，頭上也蒙上黑布，只露出咕嚕、咕嚕轉動的眼睛。

相信各位都已經知道這名矮小黑色少年的身份了，他就是即將進行冒險的口袋小鬼。兩名少年進入車庫之後關上了門，小林趴在車庫的角落，移動釘在鐵板上的釘子。

突然，整塊鐵板開始移動，就好像原先停放櫻井家汽車時的情形一

樣。到達車庫下方的祕密房間時，黑色少年趕緊跳到鐵板外。

「口袋小鬼，加油喔！這可是以往不曾經歷的大任務。」

「嗯！沒問題的。我一定會找到治郎。」

「那就拜託你了！」

「嗯！我知道。小林團長，你可以上去了。」

小林少年和口袋小鬼分開之後，再度移動鐵板上的鐵釘。鐵板立刻變成升降梯往上升高。

鐵板上升之後，下方的房間沒有電燈照明，立刻變得一片漆黑。口袋小鬼打開手電筒，照射比上方車庫更寬廣的房間的水泥牆。

口袋小鬼到底在找什麼？

「啊！就是那個。」

說著，從口袋裡掏出一根銀色小棒子。

握著棒子揮舞了一下，小棒子立刻變成一公尺五十公分的長棒。

宛如魔術師的魔杖般，但又好像是照相機的腳架一樣。由幾個銀筒套在一起，收起來只有二十公分的短棒，拉長之後就變成一公尺五十公分長。

這是少年偵探團七大道具外的工具，是小林少年專用的道具。這次口袋小鬼的任務很特殊，必須借用這個道具。

只要利用這根長棒，就可以伸到比自己的身高高兩倍的牆上。

高高的牆壁也是用水泥打造的，上方有隱藏式的按鈕，只要按下按鈕，就可以打開密門。

小鬼用長棒按下按鈕，開關下方的水泥牆上，立刻出現四方形的裂縫，並且縫隙越變越大。約二十公分厚的水泥牆好像金庫門似的，慢慢的朝對面打開。裡面是一片漆黑的隧道。

明智偵探曾經對中村警官說「我也有絕招」，指的就是這件事情。這個隧道一定可以通往二十面相的巢穴。

明智偵探之前進入車庫的密室時，就已經發現了這個祕門，當時故意不對任何人說明，而在必要時才派遣口袋小鬼進行冒險。

口袋小鬼進入隧道中開始找尋祕密開關。找了一會兒，終於發現了開關。小鬼用魔杖按壓開關，厚門再度關上。

為了小心起見，小鬼關掉手電筒，四周變得一片漆黑。矮小的黑色少年走在黑暗的隧道中，即使和二十面相的手下擦身而過，應該也不會被發現。

小鬼用右手摸索隧道的牆壁，一直往前移動。隧道非常深，小鬼不停的朝左右轉彎，有時走下樓梯，有時爬上樓梯，隧道一直往前綿延。

## 移動的地板

小鬼不斷的往前走，走了大約兩百公尺遠，仍然沒有到達盡頭。

二十面相隱瞞眾人，悄悄的挖掘這麼長的穴道，其力量真是驚人。

小鬼大約走了五、六百公尺，不，甚至已經走了七百公尺遠，終於到達了盡頭。

幸好途中沒有遇到任何人。不過即使遇到他人，口袋小鬼也會平安無事的。

他全身穿著黑色衣服，頭部蒙上黑布，腳上穿著黑鞋，並且戴上黑手套，已經做好萬全的準備。如果有人走過來，只要緊緊貼住牆壁，就不會被對方發現。置身於一片黑暗中，小鬼幸運的到達目的地。

口袋小鬼曾經成功的利用這個手法。但是，這次不知道是否也能夠成功。

終於來到了盡頭，沒想到前方竟然是一道水泥牆，無路可走。

這裡應該不是真正的盡頭，一定有密門。口袋小鬼打開手電筒，朝正面的牆壁照射。

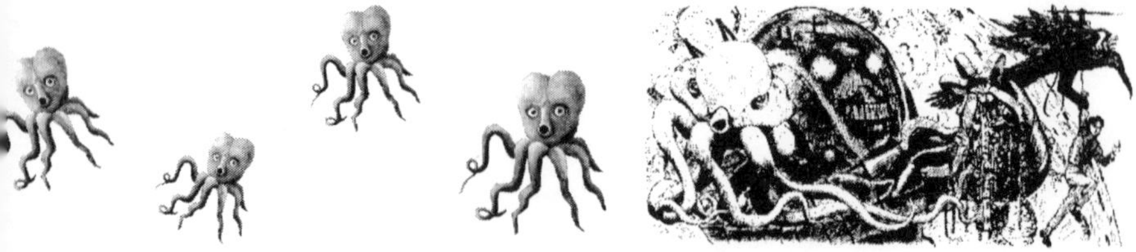

「啊！有了。就是那個！」

雖然不太明顯，但是，口袋小鬼還是發現了與車庫入口同樣的隱藏式按鈕。

小鬼取出之前的魔杖按下按鈕，水泥牆果真開始慢慢的移動，變成一個通道。

進去之後又是一片漆黑的房間。裡面不知道有什麼東西。小鬼不敢任意打開手電筒，只好小心謹慎的扶著牆壁前進。

來到轉角轉了過去，繼續沿著牆壁前進，然後又碰到轉角。總計大概轉了八個彎。

「咦！這個房間是八邊形的。怎麼會有這麼寬大的房間呢？」

口袋小鬼驚訝的自言自語著。

再往前進又是另一個轉角。九、十、十一、十二……，前方一直出現轉角，真是個非常寬大的房間。

實在是太不可思議了，口袋小鬼打開手電筒查看。

「啊！只不過是個四方形的小房間嘛！」

小鬼不禁竊笑。在一片漆黑中用手摸索前進，每轉一個彎就當成是一個轉角，因此，誤以為來到一個寬廣的房間，沒想到只是一個狹窄的小房間而已。

這個房間沒有門，水泥牆上有四方形的線，往前一推，牆壁就往對面打開。

外面好像是走廊，不知道通往何處。小鬼選擇往右前進。

口袋小鬼在走廊上東轉西轉的，似乎有好幾道密門。用手推推看，有的能打開、有的則無法打開。朝打開的門內豎耳傾聽，若沒有發現聲音，則用手電筒照射，結果都沒有發現到任何人。

轉了好幾個彎，打開第五道祕門時，發現裡面的情況完全不同，好像有人在裡面。

口袋小鬼偷偷的溜進房間，趴在地上匍匐前進。

突然，小鬼的手摸到柔軟的東西。他嚇了一跳把手縮回來，感覺好像摸到一個人。

小鬼在黑暗中和對方互瞪了一會兒，對方既不打算逃走，也不準備衝過來。

口袋小鬼下定決心打開手電筒，然後立刻關上。利用瞬間的光亮看清對方。原來是遠藤治郎，他癱軟的倒在地上。

「我是口袋小鬼，你放心吧！大家正在想辦法救你出去。我單獨一個先來探路。」

聽到小鬼這麼說，治郎好像很安心似的，但是什麼話也沒說，可能是連說話的力氣都沒有了。

不久之後，治郎以微弱的聲音說道：

「我告訴你，這是妖怪屋。像章魚的火星人遍地爬行。我被好多怪物包圍，真的好慘！不過就在剛才，怪物不知道跑到哪裡去了，突然全都不見了！」

治郎害怕的說出剛才的可怕經歷。忽然，又發生了奇怪的事情。

少年並沒有移動身體，但是，卻感覺身體在動，而且是不斷的往前迅速前進。

這時，不知道從哪裡傳來可怕的聲音。聲音非常低沈，但是，整個房間都可以聽到怪聲。

「哇哈哈哈……，很驚訝吧！你正在移動身體吧？因為地板在動，所以就算你不走路，也能前往任何地方，我帶你到有趣的地方去喔！」

後來才知道，原來這是一個彷彿大型傳動帶的機關，能夠使厚重的地板移動。

來到房門口，對面的地板也以同樣的方式移動。兩名少年就這樣的被送到對面的地板上去。

事實上，口袋小鬼剛才行走的走廊上也有同樣的機關，因為沒有啟動，所以沒有發現。

也許未來都會（一九六二年時，日本最初的電動步道建造於東京新宿，本作品完成於一九六〇年）的道路都會變成這個樣子。人們只要站在會移動的道路上，就可以不必花費力氣移動身體，到時候就不需要電車或汽車了。

不愧是電人M，沒想到他竟然會在巢穴裡設計這種機關。

口袋小鬼謹慎的看著四周，他不知道自己會被帶到哪裡去，一旦到達明亮的房間，行蹤就會敗露。絕對不能讓對方發現自己，想到這裡，小鬼趕緊離開治郎的身邊，倒退平趴在地上，乍看之下，並沒有發現到小鬼的蹤影。

# 變成神的電人M

兩名少年就這樣的被送往神奇的機械屋。

這是一個微暗的房間，不過，不像先前那麼黑暗，可以約略看到周遭的景象。

房裡陳列著許多大型機械，而且發生可怕的聲響。

對面的發電機正在不斷的運轉。好像褐色陶瓷塔般的絕緣子（安裝在電線桿上固定電線的物體）到處林立。

絕緣子和絕緣子間崁入粗大的電線，到處可見綠色的火花。

玻璃管也到處林立。管中紫色的火花綻放光芒，就好像蛇一樣。

整個房間似乎都帶電，感覺全身發麻。

隨著傳送帶移動的口袋小鬼，進入這個房間時，趕緊跳開，迅速躲

在物體後面。房裡各處都是機械，不愁找不到躲藏處。

移動的地板已經停了下來，治郎起身，茫然的看著這個神奇的電氣屋。

對面的門突然打開，可怕的電人M出現了。

「治郎，不必害怕，我不會對你怎麼樣的。不過，你必須待在這裡一陣子。為了怕你無聊，我要讓你看一些有趣的東西。」

電人M發出齒輪般的聲音，慢慢的說著。

「這是我發明的電氣屋。利用電氣能夠辦到任何事情。無論是人或動物，都會被電融化或是賦予生命。我會製造出許多動物喔！

你剛才已經看到許多可怕的火星人了吧！那些全都是我製造出來的。過去只有神會製造生物，但現在我也會製造生物，因此我也是神！

首先，讓你看看怎麼樣融化人。」

電人M說著，作出指示，一名穿著運動服的青年走了進來，他可能是電人M的手下。

「現在，我要把你融化給治郎看。你不必擔心，事後我會讓你復活的。」

房間的角落裡擺著一個大鐵箱，正中央有高兩公尺、寬六十公分的玻璃柱，從外頭可以看清裡面的情況。

青年從後方的入口走進裡面，站在玻璃對面。安裝在箱子裡的光線照射在青年身上。

「仔細看囉！」

電人M說著，按下牆壁上開關盤中的一個按鈕。

突然間，整個房間好像遭遇地震般的開始搖晃。玻璃管中的紫色火花變成像血一般的紅色，可怕的火花在空中到處跳躍。

有些變成粗大的火花，有些變成好像掃帚一樣的光芒，有些則像螺絲一樣不斷的旋轉，白的、綠的、黃的，各種火花發出滋、滋的聲響，

不斷的朝四方散開。

站在玻璃對面的青年，他的身體開始慢慢融化。臉部、胸部與手腳像蠟一樣逐漸的融化。青年的肉體全部融化後，玻璃對面只剩下一副骸骨站立在那兒。

「哈、哈、哈……。感到很驚訝吧！不過你放心，我很討厭殺人。我會讓那名男子復活。」

電人M說著，迅速切換開關。

忽然，整個房間的電氣火花開始改變顏色。綠色變成橘色，紅色變成桃紅色，全部的顏色都改變了，火花在房裡到處飛散。

玻璃那一端的青年也開始出現變化。骸骨上慢慢的出現肉，肉變硬逐漸聚集之後，竟然變成原先的青年。青年從箱子後方走了出來，低著頭微笑著走到外面。

「你看，我讓他復活了吧！你看看這個機械。」

電人M說著，走到房間的另一個角落。

好像報社輪轉印刷機（高速印刷機的一種）的機械立在角落裡，那是一種有許多齒輪的大機械。

「這是製造生物形狀的機械。現在安裝了火星人的形狀，我來示範給你看，待會兒就會製造出火星人的形狀，不過，那還不是活的。必須借助電氣的力量，才能為他注入生命。你看，我要開始啟動了，仔細看清楚喔！」

電人M站在開關盤前，按下一些開關。

卡拉、卡拉，齒輪開始轉動。聽到東西碰撞的聲音，整個房間變得非常吵鬧。

機械上面有好像大鐵漏斗般的東西，另外一個鐵箱子裡有黃粉流入大鐵漏斗中。這就是製造生物的原料。

黃粉流入機械中旋轉，慢慢的成形後，從下方的口漏出來時，就變

成火星人的形態。是那個像人類一樣大小的章魚怪物。

電人M用雙手捧起成品，拿到治郎的面前。

「你看，這就像是橡膠製成的人偶，並不是活的。接下來要藉著電力，為他注入生命的氣息。」

一旁擺著如棺材般的茶褐色箱子，並不是金屬製的，而是利用絕緣體打造而成的。兩端有電流通入裡面。

電人M放下其中的一個箱子，打開蓋子，放入火星人的人偶，接著把箱子擺到絕緣子塔旁好像鐵軌般的東西上，箱子的兩邊連接電線。

電人M再度觸摸開關盤，卡奇、卡奇、卡奇，連續按下三個開關。紅、黃、綠三種顏色的火花開始劇烈的跳躍。頓時整個房間都是燦爛的火花。

在眾多的火花中，可以看到紫色的煙霧發出咻、咻的聲音，不斷的冒上來。

玻璃管中好像蛇一樣的長條形火花，由紅變綠、從綠變紫，變成好像彩虹般的顏色。

光線非常炫目，治郎不禁舉起雙手遮住眼睛，呆立在現場。

五分鐘後，耳邊傳來電人M的聲音。

「你看！注入生命了。好！打開蓋子。」

治郎睜開眼睛一看，發現火花已經不見了。電人M關上開關。

電人M走近好像棺材般的箱子，打開蓋子。

箱子裡鑽出光禿的章魚頭。先前的橡膠火星人模型，已經變成活生生的生物了。

火星人用六隻腳抓住箱子的邊緣站了起來，爬出箱外。

治郎驚叫一聲，嚇得想要拔腿逃跑。電人M立刻按住治郎的肩膀。

「哈、哈、哈……，不必害怕。喂！到那邊的角落去。」

電人M好像在教訓狗似的，將火星人趕到房間的角落。

沒想到火星人非常溫馴，真的依照電人M的吩咐，靜靜的蹲在角落裡。

接下來的情況可就糟了！電人M，陸續製造出火星人模型，然後，再用電氣裝置為他們注入生命，一小時後，已經製造出十個活生生的火星人。

十個火星人全都蹲在房間的角落，嘎、嘎——一起發出可怕的聲音。

「怎麼樣？很有趣吧！我是電人，可以做任何事情。只要將狗的形狀放入機器裡，就可以製造出活生生的狗。兔子、猴子或羊等動物都可以，我可以製造出任何生物。

我也能夠製造人。我的許多手下都是以這種方式製造出來的。

你的父親的發明非常可怕，他不願意把自己的發明告訴我，因此，我只好把你抓過來當人質，順便也讓你看看這些有趣的東西。哈、哈、哈……。」

電人M高興的笑了起來。

口袋小鬼躲在機器後面。從進門的一開始，就目不轉睛的看著眼前這一切，感到又驚又怕。太不可思議了，二十面相到底具有多大的魔力呢？真的讓人非常害怕。

待在這個房間真的很危險。一定要趕緊調查二十面相的巢穴。

口袋小鬼趁著電人M不注意時，悄悄的溜了出去。

## 芝麻開門

機靈的口袋小鬼，順利的從機械室裡逃了出來。

來到走廊上時，之前好像河川般移動的地面已經停止了。現在可以隨心所欲的活動。

走廊上的小燈泡投射出微弱的光芒。這樣正好方便小鬼行動。

小鬼扶著走廊的牆壁，慢慢的往裡頭走去。

走廊宛如迷宮一樣，前方一直出現岔路，小鬼不停的轉來轉去。

口袋小鬼走著走著，迷了路，又回到原先的地方。

突然，小鬼覺得後方好像有人。

他嚇了一跳，趕緊將整個身體貼在牆壁上。幸好走廊微暗，再加上小鬼的身材矮小，所以，乍看之下並沒有發現牆壁上有個人。

巨大的電人M，靜靜的通過口袋小鬼的面前。他就是二十面相，他已經完成機械實驗，不知道又把治郎關在哪裡，正準備回到自己的房間去。

小鬼離開牆壁，悄悄的跟在電人M的身後。

電人M二十面相在走廊上轉了兩個彎之後，停下腳步，低聲說道：

「芝麻開門！」

彷彿念咒語似的喃喃自語。

「芝麻開門」是『阿里巴巴』童話故事中的開門密語。

二十面相念完密語後，原本空無一物的走廊牆壁上，竟然打開了一道門。

口袋小鬼看到之後著實嚇了一跳，心想，那應該也是電動機關的效果，可能是「芝麻開門」的音波傳到牆上的隱藏式麥克風裡，所以，打開了密門。

就好像是金庫的密碼鎖一樣，如果不說出「芝麻開門」這個暗語，就無法開啟，這是非常安全而又簡便的方法。

打開的牆壁中，射出炫目的白光。

二十面相走入裡面，門又自動關上。身手敏捷的口袋小鬼迅速的溜入房間，躲藏了起來。

這是一間四十平方公尺大的寬廣房間。房間內閃閃發亮，好像是用白金打造而成的。

四面的牆壁都是玻璃櫃，裡面陳列了許多美術品。有閃亮的寶石項鍊、手環、小寶石盒、王冠等，發出如彩虹般的光芒。

口袋小鬼看得有點頭昏眼花，萬萬沒想到地底下，竟然有如此豪華的美術室。

二十面相之前在山中的奇面城（第十八集『奇面城的祕密』）中設有大美術室，藉由小林少年和口袋小鬼的幫忙，和警察合力破獲。這次竟然就在東京都內建立如此廣大的地下巢穴，並且將偷盜收集而來的美術品全部陳列在這個房間裡。

房間的入口旁有美麗的雕刻木櫃，口袋小鬼就躲在木櫃後方，偷偷的觀察二十面相的動靜。

房間正中央擺著大桌子，周圍放置華麗的椅子。二十面相坐在其中的一把椅子上，從桌上的金色盒子裡取出煙捲，用金色的打火機點燃。

煙捲的氣味，甚至飄到口袋小鬼這邊來。

# 奇怪的手下

不久之後，入口的密門打開了，一定是有人念了「芝麻開門」的密語。知道密語的應該是二十面相的手下。

兩個奇怪的人走了進來。其中一個西裝筆挺，年紀約三十歲左右的紳士，另外一位則是穿著破爛衣服的老太太，半白的頭髮捲曲，臉上髒兮兮的，一隻眼睛瞎了，看起來非常可怕。

兩個人坐在電人M前面的椅子上。老太太從懷中掏出漂亮的珍珠項鍊扔在桌上，大約有七、八條纏繞在一起。

「這是今天的收穫，你看，全都是最高級的珍珠喔！是二十九號（用手指著紳士）在銀座的寶玉堂偷來的。他走出珠寶店時，我正好坐在店門外。

二十九號把這些東西塞入我的懷裡，然後若無其事的走開。

店員發現珠寶失竊後追了上來。仔細搜查二十九號的身體，但是卻沒有搜出任何東西來。沒有人注意到坐在商店前的骯髒老太婆。」

老太婆用像男人的沙啞聲音說著。原來是男子假扮成老太婆，這時原本看起來瞎了的眼睛也瞪得大大的。

「嗯，做的好！這個珍珠是高級貨。但是，假扮成老太婆的手法不要再用了。一次就夠了。」

二十面相電人M，用鐵手拿起項鍊，很滿意的說著。

兩個人出去後不久，密門再度打開。一位穿著黑色禮服的男子走了進來，手上拿著類似警察的帽子。

男子也坐在椅子上，取出藏在上衣胸前的長棒，小心的擺到桌上。原來是一個骨董掛軸。

「是雪舟圖。這是國寶喔！」

男子得意的說著。

「是嗎，做的好！從博物館偷來的吧！」

電人M用鐵手打開掛軸時問道。

「是啊！你看我穿著博物館警衛的制服。真正的警衛已經被我迷昏並且丟進倉庫裡。我輕易就得到這個掛軸。其他的警衛誤以為我是他們的同事，因此，我根本不需要倉皇逃走。」

「謝謝你！這樣我就有十二件國寶了。但是還不夠，博物館的美術品我全部都要。」

當手下離去後，二十面相拿起桌上的電話說道：

「我找豐島區的遠藤博士。」

在這個地下巢穴裡，竟然也裝設了電話總機。

「是遠藤博士嗎？……你應該知道我是誰吧！……咦！不知道嗎？……呼、呼、呼，……就是過去假扮成你的助手的男子啊！……我是電人M，……另外一個名字叫做二十面相。哈、哈、哈，……你一定嚇了一跳吧！……你的孩子治郎平安無事，我正在好好的招待他呢！

什麼！要我把孩子還給你？我當然會還給你！但是，你必須用你的大發明來交換。否則我絕對不會把治郎還給你。

如果你不願意把祕密告訴我，那麼治郎就永遠都回不去。……嗯，你說我會不會殺了他？不，不會的，我不喜歡殺人，也絕對不會讓他受傷。但是，我會把治郎藏在沒有人知道的地方，你一輩子都見不到自己的兒子。

你不必立刻回答我，仔細考慮一下。我會再和你聯絡。再見啦！」

電人做出可怕的宣告。

口袋小鬼聽到二十面相所說的話，知道治郎不會被殺害，自己也就放心了。不過，還是要設法儘早救出治郎，否則他也太可憐了。

小鬼盤算著，該如何逃離怪人的巢穴，以便儘速通知明智先生和中

村警官。

各種不同打扮的手下陸續進入美術室，總計來了五、六位。

有些穿著華麗的洋裝，臉上罩著面紗，打扮成貴婦人的模樣，但是進入房間後卻變成男子，用男人的聲音說話。

有人把臉塗成像白色牆壁一樣，黏著假鬍子，穿著縐巴巴的西裝與不合腳的鞋子，揮舞著短手杖走了進來，假扮成像卓別林一樣的活廣告人。

有人則打扮成和二十面相相同的電人M的模樣，發出唧、唧——如齒輪般的說話聲。

當出現兩個電人M時，根本就是真假莫辨。

奇裝異服的手下們，將當天的收穫擺在桌上，向首領報告之後陸續離去。

怪盜集團偷盜而來的贓物，包括名刀、金銅佛像、裝滿戒指的寶石盒與著名的西方名畫等，收集了各式各樣的美術品。

一天就收集到這麼多東西，應該可以完成華麗的美術室。口袋小鬼對於二十面相如此大膽的作法，感到既驚訝又害怕。

突然，房間某處傳來啾、啾、啾……的蜂鳴器聲。

聽到這個聲音，二十面相電人M，趕緊離開房間。

口袋小鬼迅速跟在他的身後溜出密室。

## 黑色妖怪會議

在微暗的走廊上，二十面相連續轉了幾個彎之後往前走去。這裡是水泥地，並不是自動走道。

走廊好像是個狹窄的隧道，到達盡頭時，可以看到往上爬的水泥階梯。

二十面相爬上階梯。一個小小的黑影跟在他的身後。

爬上樓梯之後是一道水泥牆。不知道二十面相按下哪裡的按鈕，一個水泥打造的厚重蓋子往上方打開。

從水泥牆出去，可以看到星星閃耀的天空。

「啊！已經從地下走到地上了嗎？」

口袋小鬼很高興。只要走到外面，就可以回到事務所去。

這裡好像是公園等處的露天音樂台。在星光下，可以看到許多圓形長椅。

長椅越往後方越高，好像學校的理科實驗室一樣，不過，卻寬大好幾倍。長椅上坐滿好像黑色妖怪的人，總計大約有五十名。

二十面相電人M來到正中央，坐在長椅圍繞的空地椅子上。

椅子旁邊站著全身漆黑、好像大禿頭般的怪物，原來是擁有幾張圓臉的壯碩妖怪。

不久之後，從某處傳來「大家都到齊了」的聲音。

聽到這個聲音，坐在正中央的二十面相，從椅子上站了起來，黑色的禿頭妖怪和電人M，以奇妙的姿態並排站在一起。兩者的大小完全不同。禿頭妖怪的臉比較大，看起來比電人M大上十倍。

「各位！」

電人M用可怕的聲音大叫著。也許是從擴音器中傳來的聲音吧！

「接下來要舉行一週一次的星期五會議。雖然是老話題，不過在此我還是要再次強調我們組織的目的。

我們的目的是為了收集世界上的美術品。不是去買，而是去偷。藉此成立二十面相的大美術館，這是我畢生的目的。

偷錢並不是主要目的，只是為了供給各位生活之用，讓各位有很多錢，生活無虞匱乏。

無論進行任何行動，都不能傷人或殺人。我最討厭見血，大家一定

要嚴守這項規則。

之前我為了獲得遠藤博士的大發明，因此，假扮成助手住在他家。但是，費盡苦心還是無法獲得祕密。不得已，只好把博士的兒子治郎給抓了過來。我準備好好的招待他。在博士未說出祕密之前，絕對不能把治郎交還給博士。

遠藤博士的發明終將歸我所有，到時候我就天下無敵了，就算與全世界為敵，我也不怕。我的智慧與二十種不同的面貌，再加上博士的可怕發明，到時候我就可以為所欲為了。因此，大家必須小心看守治郎，千萬不要讓他逃走了。那個孩子可是我獲得大發明的關鍵喔！

我現在不是二十面相，而是電人M。大家都知道我建造這個大型地下電氣王國的目的。

大家也知道，我們不僅以地球，而是以全宇宙為對手。

我的話就說到這裡為止。各位如果有意見請儘管提出來！」

「沒意見！」

長椅上傳來許多聲音。

坐在長椅上的黑色妖怪其實都是人，全都是二十面相的手下。他們均穿著黑色衣服，戴上黑色布巾，只露出眼睛，和口袋小鬼的裝扮一模一樣。

群眾陸續站了起來。

「電人M萬歲！」

「電氣國萬歲！」

歡呼聲響徹星空。

口袋小鬼看到此處更為震驚。二十面相電人M擁有五十名手下，龐大的怪盜集團，每天都前往全國各地收集美術品。

為了偷走遠藤博士的發明，二十面相假扮成助手與電人M，來嚇唬眾人，全都是為了達成這個目的。

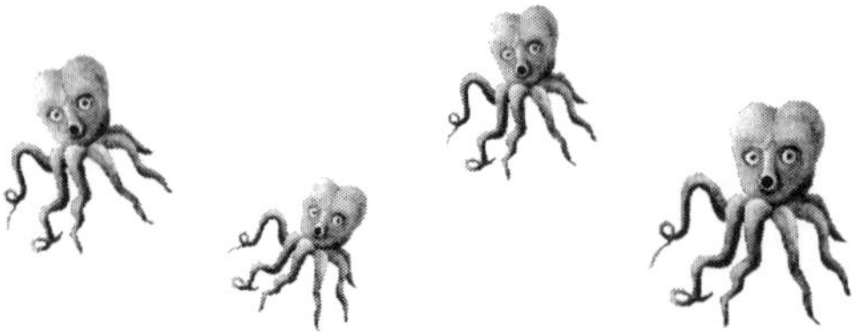

「我們有明智老師和小林團長。大家走著瞧吧！」

口袋小鬼心中想著，悄悄的離開眾人身邊，準備返回明智事務所報告事情的經過。

廣場周圍圍繞高聳的水泥牆，找不到任何出口。難道怪盜的集會場在某個住宅中，還是……？啊！這到底是哪裡？

## 口袋小鬼表演特技

準備走出廣場時，看到長長的水泥牆。口袋小鬼找不到出口，只好沿著圍牆朝側面前進。水泥牆綿延不斷，而且不是直的，就好像黑色妖怪所坐的長椅一樣，水泥牆圍成圓形。

「真奇怪，東京怎麼會有這種圓形圍牆的公園？」

口袋小鬼實在想不透，回頭看著天空。

突然，口袋小鬼發現奇怪的景象。在圍牆的另一端，看不到任何一顆星星。

「難道有雲嗎？」

回頭一看，後方的天空和前方的一樣，布滿閃爍的星星。

真是奇怪，天空明顯的一分為二。一邊萬里無雲，一邊則被厚雲蓋住，怎麼會發生這種情況？

「啊！對了，我知道了。」

口袋小鬼不禁在心中吶喊著。

這裡就是那個月世界旅行的表演體，觀眾們在月球內部看到的星際景象。擁有好幾顆巨頭的黑色怪物，就是星際機械。

口袋小鬼，偷偷溜進去的櫻井家車庫位於練馬區。而月世界的表演節目也在練馬區。

兩個場所距離接近。二十面相竟然在兩地之間建造長長的隧道。

口袋小鬼突然想起，小林團長曾經懷疑二十面相和月世界的表演體有關。

沒想到事實的確如此。月世界在白天時提供星際節目欣賞，觀眾們絡繹不絕的進場觀賞奇景。一到晚上，就變成二十面相怪盜團的集會場所。地下則是二十面相的巢穴。

在熱鬧的表演場所中，竟然藏著二十面相的巢穴，大家應該都沒有想到這一點。

月世界進行節目表演並不是為了賺錢，而是為了掩人耳目，二十面相真的太大膽了。

口袋小鬼沿著圍牆，一直往右前進。

終於到達入口的門前。門上了重重的鎖，無法推開。

小鬼沒辦法，只好通過門前再往右走，又遇到另一個出入口，這裡的門是開著的。

原來是白天觀賞星際景象的觀眾休息室。廣大的房間內只有一盞朦朧的電燈。

這裡的確是觀眾們看到的星際。

休息室的旁邊有水泥台，上方擺著一個陶瓷大花瓶，華麗的花瓶高約八十公分，沒有插花、也沒有水，可能擺在房裡當做裝飾品，也可能是二十面相從某處偷來的美術品之一。

口袋小鬼一直看著花瓶，然後爬上台子，把手伸入花瓶裡，確認裡面沒有水。

「對了，觀眾在這個房間脫下太空衣還給工作人員。在那個緊閉的門中，應該有擺放太空衣的架子。」

口袋小鬼曾經參觀月世界表演，因此知道這一點。

「呼、呼、呼……」

黑色布巾裡的口袋小鬼發出低沈的笑聲，好像是一種惡作劇般的笑

聲。小鬼可能已經想到什麼有趣的事情了。

小鬼回到一片漆黑的星際中。

會議結束後，半數二十面相的黑衣手下從長椅上站了起來，另外一半的人則依然坐在那裡。

「啊！好痛呀！」

一名坐著的手下小聲的叫了出來，眼睛盯著長椅下。感覺腳好像被咬了一口，但是，長椅下什麼也沒有。

「啊！好痛呀！」

坐在距離稍遠處的長椅上的手下，也發出同樣的叫聲。

各處不斷傳來「好痛呀」、「好痛呀」的叫聲。聽到聲音的同時，大家都看著長椅下。

「到底是什麼？是不是狗啊？」

「不，不是狗！因為咬起來不是很痛！可能是老鼠。」

「是老鼠咬人嗎?還是有什麼奇怪的動物躲在椅子下?」

「打開手電筒找找看!」

話才說完，四處陸續出現亮光。手下們紛紛掏出手電筒，朝長椅下照射。

「啊!有一個全身漆黑的傢伙!」

「是人!是小孩!」

「抓住他!」

終於被發現了。當然是口袋小鬼。他的身材矮小，竟然溜入長椅下捏手下們的腳。

發現黑色小身影時，手下們全都包圍了過來，但是，口袋小鬼卻像小松鼠般的迅速溜走，並沒有被抓到。

黑暗中，開始展開貓捉老鼠的遊戲。

「啊!跑到那裡去了!」

「找到了！……啊！又溜走了！真是狡猾的傢伙。」

「唉呀，好痛啊！我的屁股被咬到了！畜生！」

黑暗中引起一陣大騷動。一邊是身材矮小，甚至可以裝入口袋裡的小孩；另一方則是幾十名大人，要對付一個孩子，似乎人太多了，而且大人們互相撞在一起，反而更不容易抓住小孩。

圓形屋頂上的燈突然亮了起來，好像有人打開電燈開關。

「逃到哪裡去了？」

「好像逃到休息室去了！」

眾人全部擁向休息室。仔細搜尋各個角落，但是，卻沒有發現到任何人。口袋小鬼就這樣的消失不見了。

手下們繼續搜索，但都沒有發現到小鬼的蹤影。真的消失不見了。

「真是不可思議！」

手下們疑惑的說著，陸續回到自己的房間去。

口袋小鬼到底躲到哪裡去了？原來就在休息室的花瓶中。

這怎麼可能！花瓶較粗的部分直徑五十公分，瓶口比較狹窄，直徑只有二十公分。即使再小的孩子，也不可能鑽入裡面，因此，沒有任何一位手下檢查花瓶。

口袋小鬼過去待在雜技團中，曾經學過鑽入小壺的特技。只要寬度和頭一樣大，就可以將整個身體鑽進去，這是經過耐心與持續練習才學會的。口袋小鬼竟然可以躲入花瓶中。

小鬼在奇面城事件中，曾經躲入一個四方形的皮箱裡，偷偷的溜入二十面相的巢穴。擅長彎曲身體躲藏的小鬼，這次又發揮了作用。

當眾人陸續離去之後，小鬼從花瓶口伸出一隻手，接著又伸出另外一隻手，口袋小鬼出現了。

「噢，好痛苦喔！幸好已經脫險了！」

小鬼走下台子伸展手腳，並且拿掉黑色蒙面布，脫下黑色衣褲，把

衣物翻面之後再穿到身上。衣服的另一面是褐色的、褲子的另一面是灰色的，小鬼在短時間內改變了裝扮。

小鬼將黑色蒙面布捲起來塞入口袋裡，小跑步溜出門，不知道躲到哪裡去了。

小鬼一直躲到早上月世界的節目開演為止。等到觀眾們在休息室脫下太空衣走出去時，小鬼就跟在觀眾群中逃了出去。

## 銀色球

第二天上午十一點，在明智偵探事務所的客廳中，明智偵探和大發明家遠藤博士與小林少年三人圍坐在桌前，他們正在商量對策。

一個小時之前，口袋小鬼才從月世界表演處逃了出來，詳細報告前一天晚上發生的事情。明智偵探聽完之後，趕緊打電話給遠藤博士，請他到事務所來共商大計。

口袋小鬼前一天晚上沒有睡覺，報告完畢之後，立刻鑽入小林少年的床上呼呼大睡。

「對方擁有眾多手下，想要救回我的孩子恐怕很難吧？」

遠藤博士擔心的看著明智偵探說道。

「的確很難。不過還好有口袋小鬼的幫忙，已經知道對方的巢穴，就應該可以想出好辦法來。」

明智偵探說道。但即使是名偵探，一時之間也無法想出法子來。

三人默默的陷入思考。小林少年雖然絞盡腦汁，但是，一直沒有想到好的解決方法。

遠藤博士好像下定決心似的說道：

「明智先生，我決定試試看了！」

「咦！你要做什麼？」

「利用我的發明。」

「啊！聽說你的發明具有毀滅世界的偉大力量……」

「是的。雖然不像氫彈那般具有驚人的殺傷力，但卻能夠隨心所欲的控制世界。」

「你想要利用這個力量來毀滅二十面相嗎？」

「是的。只要使用一點點力量就夠了。不會殺死或殺傷二十面相以及他的手下。

藉著這個力量可以救回我的孩子治郎，同時也可以取回被那個傢伙偷走的美術品。到時候二十面相和他的手下全都得坐牢。」

遠藤博士充滿自信的說道。

「我真的很難想像，這到底是什麼力量？你能不能告訴我呢？」

明智偵探對於這種大發明也感到驚訝萬分。

「詳情以後再慢慢告訴你。總之，就是一種很強大的力量！」

說著，遠藤博士把臉貼近明智偵探和小林少年，三人竊竊私語。

「喔！一二〇小時，是五天的時間嗎？」

明智偵探驚訝的問道。

「是的，只要五天就可以辦到任何事情，甚至可以改變一個國家的政府。」

「也能控制軍隊。如果連警察都擁有這種力量，那麼，就能夠完成任何事情囉？」

「是的。有些外國人士聽到我的發明之後，也爭相前來購買。但是我絕對不會賣掉它。任何一個國家得到這種發明，就可以隨心所欲的控制全世界了。」

「二十面相也注意到這件事情，所以，才會假扮成你的助手，想要偷走你的發明。」

「沒錯。不過即使是再親密的人，我也沒有說出發明的祕密，也沒

有在筆記本上寫下紀錄，秘密全都存放在我的頭腦中。

我的發明足以毀滅一個國家。想要消滅二十面相和他的手下，只要一個小指頭般的少量原料就足夠了。把原料放入銀色球中，擺在適當的地方，時間一到就會產生作用。」

「就好像定時炸彈一樣嗎？」

「是的，構造相同。銀色球中有這種構造。我們必須派遣專人將銀色球擺在某個地方。這是一件非常重要的任務。」

「讓我來做吧！」

小林少年面露光芒，以堅定的語氣說道。

「但是，二十面相認識你啊？」

「我可以喬裝改扮啊！我可是個變裝高手喔！」

遠藤博士聽到少年這麼說，好像要和明智偵探商量似的看著偵探。

「讓小林去就沒問題了。他是個聰明的變裝高手，甚至經常假扮成女孩子，連聲音都可以模仿的惟妙惟肖，沒有任何人會發現的。」

「這一點我也聽說過了。小林既聰明又勇敢，真是太棒了。那麼，這個重要的工作就拜託小林囉！」

「什麼時候動手？」

「下一次二十面相和他的手下在星際集會的日子。他們一週集會一次，那麼，就是下星期五了。」

「銀色球應該擺在哪裡？」

遠藤博士把臉湊近小林，在少年的耳邊輕聲說著。

「我知道了！我一定會把事情辦好的。」

小林拍拍胸部保證。

這時，明智偵探好像突然想到什麼似的詢問博士：

「遠藤博士，治郎真的沒問題嗎？他被關在那個地下室，會不會受到這個作用的影響？」

「會的。但是，不會死亡或受傷。為了消滅二十面相，只好暫時讓我的孩子受苦了。我已經下定決心，我對自己的發明有信心。即使治郎受到這個作用的影響，也不必擔心他會遭遇危險。」

博士堅定的說道。

終於到了一週後的星期五。練馬區的月世界旅行節目依然擠滿了觀眾。彷彿大碗蓋般的大月球聳立在角落。三個火箭發射處擠滿著耐心等待的觀眾，馬上就可以到達月世界了。

夾雜在其中一個火箭發射處的觀眾群中，赫然發現一位中學生裝扮的少年，他就是小林。

真是巧妙的變裝。穿著學生服、戴著學生帽的少年，好像很喜歡運動。黝黑的鄉下少年看起來很健康。小林少年的變裝技巧真是一流。

這名中學生拿出票，工作人員為他穿上太空衣。事實上，月世界的工作人員就是二十面相的手下，他並沒有察覺到眼前這名參觀者就是小

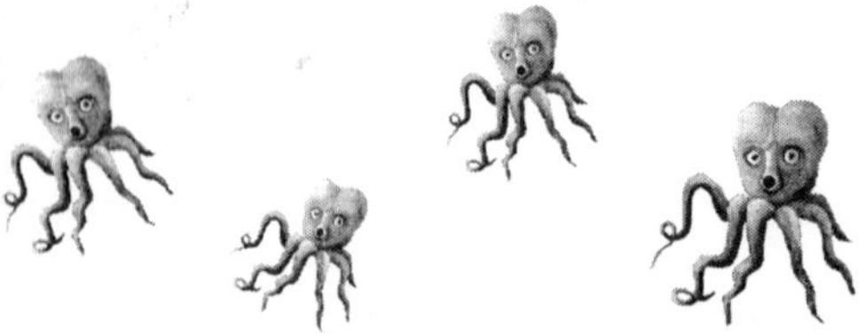

林喬裝改扮的。

輪到少年搭上飛往空中的火箭了。

火箭發射了。用纜繩拉住的火箭發出可怕的聲響，末端冒出白煙，像箭一樣朝著對面的月世界衝去。

接近月球時，火箭掉轉方向，尾端先著陸在凹凸不平的月球表面。觀眾們走出火箭，由後方往水泥建造的月球表面攀爬。小林少年離開眾人，悄悄的爬上月球頂端。

## 會議場突發事件

小林站在一大片好像火山口的凹凸洞穴中，偷偷的找尋最深、最大的洞穴。

「啊！就是這個。有一公尺深，躲在這裡應該沒問題。」

小林自言自語著，立刻鑽入大洞穴中。

接著，從口袋掏出小鏟子，開始挖掘洞穴底部。

小林的動作很輕，避免發出大聲響，以免觀眾們起疑而聚集過來。

他用小鏟子挖了許多圓洞，製造出好像棒球一般的陷凹處。

此刻，少年從太空衣下方自己的衣服口袋裡取出銀色球，小心翼翼的擺入陷凹處，上方蓋上水泥，從外觀看來並無異常。

這顆銀色球是遠藤博士交給小林的，此種大發明武器，具有比氫彈或原子彈更可怕的力量。

工作結束後，小林直接返回明智偵探事務所。

同一天，遠藤博士家發生這樣的事件。

二十面相電人M，打電話給遠藤博士。

「怎麼樣?決定好了嗎?」

二十面相禮貌的問道。

「決定好了。但是，你真的會把治郎還給我嗎？」

「當然會。我絕對不會違反約定。你把祕密告訴我，然後和治郎一起回去。現在治郎很好喔！」

「就這麼說定了。我明天晚上過去。」

「幾點？」

「九點。明天是星期六，晚上九點。地點由你決定。」

「當然。如果地點由你決定，到時候你可能會帶警察過來等我。」

「所以，就到你指定的地方去好了。」

「那麼，八點半我派車過去接你。不過，我的手下會在車上為你蒙上眼睛，同時嘴巴塞上東西，請你忍耐一下。這麼做是為了不想讓你知道我的藏身處。」

「我知道了！」

博士說著露出笑容並且掛上電話。口袋小鬼已經發現二十面相的巢穴，博士也已經知道對方躲在哪裡。因此，聽到二十面相這麼說時覺得很好笑。

遠藤博士當然不打算搭乘二十面相的汽車。之所以約定星期六，就是因為在前一天，也就是星期五的晚上，銀色球會產生作用。到時候就可以抓住二十面相等人。

換個話題，說到星期五晚上十點發生的事情。

月世界星際的圓形大屋頂下，人工星球依然不停的閃爍。和往常的星期五夜晚一樣，二十面相和手下們正在這裡舉行大會議。

長有好幾顆頭的禿頭星際機械，與穿著華麗服裝的怪人二十面相一起站在那裡。在微暗的光線下，可以看到怪人穿著如將軍般的衣服，頸部和胸前都有金色金辮帶（用金線製造出來的圖案，用在帽子或肩章上）裝飾。這就是二十面相怪盜團長的制服。

今晚聚集了將近百名手下，比前一次會議多了將近一倍的人，因為

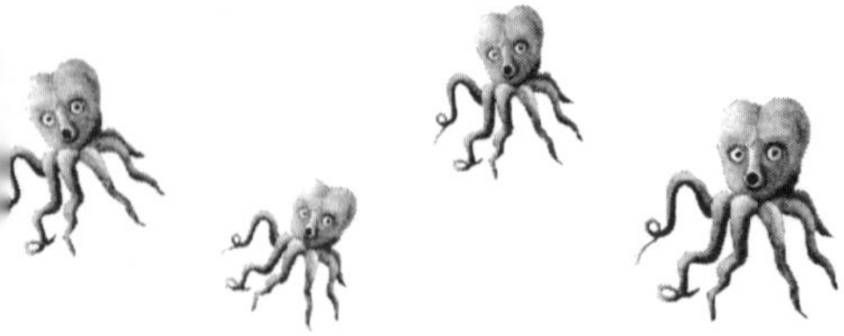

今晚有特別的事情要宣佈。

前方的長椅上坐著穿著黑色緊身衣、蒙著黑布的手下，後方是假扮為火星人或禿頭章魚妖怪的二十名手下。最後方的長椅上聚集了二十位穿著電人M服裝的手下。

怪異的光景，映照在星際的星空下。

「各位！」

二十面相身上的金辮帶裝飾品發出金色光芒，開始發表演說。

「有個大消息要告訴各位，因此，把大家都聚集過來。到底是什麼大消息呢？各位，我即將獲得遠藤博士的大發明。我們即將擁有足以與全世界為敵的偉大力量了。

遠藤博士終於投降了。明天晚上他就會把大祕密告訴我，各位一定很高興吧！在這個世界上已經沒有任何讓我們感到害怕的東西了。」

聽到首領這麼說，手下們全都站了起來，異口同聲的發出歡呼聲，高呼萬歲的聲音響徹整個星際的屋頂。

主要的手下陸續站起來，說出祝福的話。

輪到第三位手下說話時，突然發生奇怪的事情。

手下說話的語氣變成很奇怪。好像酒醉似的，連話都說不清楚，旁人根本聽不懂。

「我、們、要、祝、賀……」

說話的聲音越來越低沉，好像在說夢話似的，全身變成軟弱無力，終於倒了下來。

眾人發現異樣而想要過去攙扶時，竟然沒有人能夠移動身體。包括二十面相在內，會場內所有的人都陸續倒了下來。大家從椅子上滑落，好像死亡一樣，以奇怪的姿勢躺在地上。

銀色球爆炸時並沒有發出大聲響。然而，爆炸的威力竟然穿透厚水泥牆而發生作用。

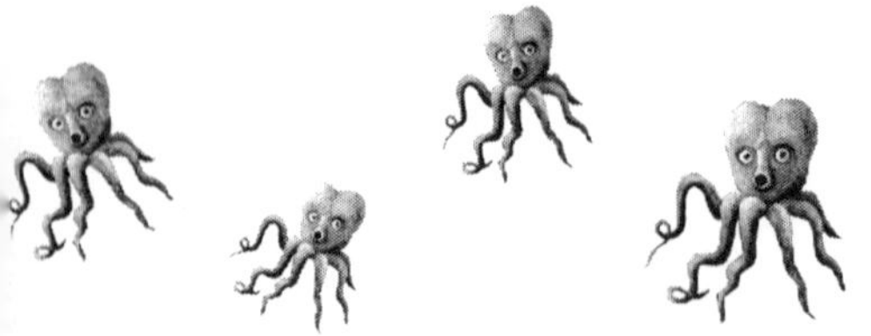

廣大的星際房間好像墳場一樣的死寂，沒有任何會移動的生物。只剩下天花板上的人工星星孤寂的閃爍。

## 大發明的祕密

第二天黎明時分，月世界表演廣場的大月球旁聚集了許多人群。包括名偵探明智小五郎、遠藤博士、少年偵探團團長小林少年、口袋小鬼與二十三名少年偵探團的團員，還有警政署搜查一課的組長中村警官、三十名穿著制服的警察、十名穿著西裝的刑警，總共將近七十人聚集在那裡。

載運這些人到表演廣場的，是巡邏車與一般的汽車，汽車停在廣場的盡頭，一旁還有五部準備用來運送犯人的大型警車。接下來正要進行大規模的逮捕行動。

「距離爆炸已經過了六小時，應該沒問題了。我所發明的力量，爆炸後經過五小時就變成完全無害。我努力鑽研，終於達成使作用迅速消失的目的。否則即使打倒敵人，如果不能接近敵人也沒什麼用。」

遠藤博士詳細的說明。現在，遠藤博士、明智偵探和中村警官三人肩並肩，接近大月球內側的星際入口。

入口的門已經上鎖。明智偵探掏出萬能鑰匙，輕易的就把門打開了。

「啊！歹徒在這裡。」

中村警官用手電筒照射的男子，是負責看守出入口的警衛。

中村警官來到出入口處招招手，警員們一擁而上，將昏倒的警衛扛上警車。

由明智偵探、中村警官和遠藤博士三人帶頭，所有的人陸續進入星際中。

眾人開始找尋開關，終於打開天花板電燈的開關。星際中立刻變成

像白天一樣的明亮。

二十面相和近百名手下好像魚市場的鮪魚似的，全部躺在地上。

「啊！這個是二十面相，他穿著好像將軍服的服裝。」

明智偵探說道。

「全部送上汽車。動作粗魯些也不要緊。這些傢伙在一百二十個小時內都不會醒過來。連二十面相也沒有逃走的力氣。」

二十面相和所有手下全部被抬出屋外，陸續被塞入警車中。

現在最重要的事情，就是救出遠藤治郎。

明智偵探、遠藤博士、中村警官、小林團長和口袋小鬼等人打開密門走下階梯，趕往二十面相的巢穴。

「爆炸威力對這裡會產生作用嗎？」

「會，所以治郎應該也倒下了。銀色球對於直徑一百五十公尺內的範圍都能產生力量。二十面相的巢穴也在這個範圍內，因此，留在內部的手下應該也倒下了。」

口袋小鬼走在前頭帶路，和手拿大型手電筒的中村警官一起走在狹窄的水泥走廊上。

「這裡是美術室！」

口袋小鬼大叫著，同時雙手叉腰、雙腳張開，大聲的說道：

「芝麻開門！」

門立刻無聲無息的打開了。按下門內的開關，眼前出現閃耀金光的寶石和玻璃架。

這些寶物當然都要交給警察，以便還給失主。

口袋小鬼也不知道治郎被囚禁在哪個房間裡。眾人到處尋找，他們陸續在各個房門前說出「芝麻開門」的密語。打開其中一道密門時，發現治郎倒在小房間的床上。少年立刻被救了出來，送上汽車。

眾人來到電氣室。也就是章魚火星人陸續被注入生命的那個房間。

明智偵探仔細的搜查房間，終於發現謎底了。

「不可能借助電力為物體注入生命。這只不過是二十面相的騙人伎倆。他將火星人的模型塞入箱子裡，然後通電。你看，謎底就在這個雙層底的箱子。穿著禿頭章魚妖怪衣服的手下，躲在箱子底部，裝出好像被注入生命的樣子從箱子裡爬出來。

至於進入這個鐵製小房間時，身體會變成骸骨，則是利用鏡子的魔術。事先把骸骨擺在裡頭，旁邊放一個肉腐爛的人偶，再讓真人走進裡面。當照射真人的電燈逐漸變暗時，一旁的人偶變亮，那麼，看起來就好像肉開始腐爛。然後點亮照射骸骨的電燈，關掉其他電燈，最後就只剩下骸骨映在鏡子中了。」

明智偵探說著走入鐵房間裡，操縱內部的電燈開關，讓外面的人觀察人變成骸骨的過程。

口袋小鬼突然跳出來說道：

「老師，我終於知道原因了。治郎在對面的房間被好幾百個火星人包圍，那一大群火星人應該不是二十面相的手下假扮的。那是一間牆上鑲著鏡子的房間。經過鏡子不斷的反射，即使只有十名火星人，看起來也會變成上百個火星人。」

這也是二十面相的魔術。啊！他的確是個很喜歡魔術的傢伙。

所有的謎團全都解開了，治郎也平安獲救。二十面相和所有的手下被一網打盡，被偷盜的美術品也全都物歸原主。

明智偵探等人離開星際時，許多汽車已經準備出發。少年偵探團的少年們分別搭乘五部汽車，他們從車窗裡探出頭來看著這一邊。

當明智偵探和小林少年出現時，少年們高舉雙手齊聲大呼：

「明智老師萬歲！」

「小林團長萬歲！」

在龐大的汽車行列中，巡邏車走在最前方，所有的車輛靜靜的駛離

廣場。

中村警官、小林少年和口袋小鬼也各自坐上汽車。所有的汽車都出發之後，小林少年和口袋小鬼乘坐的「明智一號」汽車還留在當場，等待在月球底下低聲談話的明智偵探和遠藤博士。

兩人的頭上掛著好像月球火山口般的大洞，他們靠在洞口上說話。

「博士，你的發明真的具有非常可怕的力量，足以穿透水泥牆以及任何東西。」

「是啊！無論鐵、鉛、石頭或是任何的礦物，都無法阻擋它。即使是為了預防原子彈或氫彈而建造的防空壕（空襲時為避難用而挖掘的洞穴），也無法阻擋這個發明的力量。我將它命名為遠藤粒子，也可以稱為假死粒子。

我一直思考戰勝原子彈或氫彈的方法。十多年來不分晝夜的持續研究，終於發明出來了。在完成這個發明之前，已經殺死上百、上千隻動物，甚至殺死牧場中的幾百隻羊群。但是，這些都是我為了研究而採取的欺騙手法。絕對不能殺死這些動物，一定要讓他們復活才行。我的苦心就在此處。

不過，研究終於完成了。現在我們不需要流任何一滴血，就可以贏得戰爭了。

如果用火箭載運假死粒子，在敵人的大都會上方引爆，則都會中的幾百萬人就會在瞬間形成假死狀態，但是，不會產生任何痛苦。一百二十個小時內不會醒來，全都陷入深沈的睡眠中。

只要引爆十枚這種粒子炸彈，就可以使強大國家的人民全部假死。

然後，找出該國政府和軍隊的要員並且逮捕，將原子彈和氫彈等毀滅性武器掌握在我方手中，對方就會任由我們擺佈了。經過一百二十個小時人民自然清醒後，炸彈也失去威力了。」

只要利用遠藤粒子，就可以隨心所欲的駕馭全世界。如果我是拿破

崙或希特勒，只要憑藉這個力量征服世界，不就可以成為世界的帝王了嗎！」

「啊！真是可怕。」

明智偵探不禁這麼說著。

兩人互看著對方，都想看穿對方的心意。大約一分鐘內，兩人都靜止不動。

「二十面相也注意到這個發明，他的確是個聰明的傢伙。他想成為希特勒，不想殺人見血，這個發明正適合他。」

「說的也是。有關這一點，我和二十面相的想法相同。他為了偷走這個發明，的確煞費苦心。」

「你準備如何處理這個發明呢？」

明智偵探好像看穿對方心底的想法似的，眼光銳利的看著遠藤博士問道。

「毀滅它！」

「咦！毀滅它？」

「我要毀滅假死粒子的原理。把它埋在我頭腦的墓場裡。我已經下定決心了。任何國家只要獲得假死粒子，就可以隨心所欲的駕馭世界。但是，這個國家不見得會施行良政，因為人心險惡。就算是為了國家著想，我也下定決心不說出這個祕密。

我會把祕密深深的埋在頭腦的墓場中，等我死了之後，它就會成為永遠的祕密了。」

遠藤博士說著，抬頭看著早晨晴朗的天空，平靜的臉上浮現出聖者般的笑容。

## 解說

# 將「常識」變成超能力的技術

平井隆太郎
（亂步長男‧立教大學名譽教授）

在這部作品中，怪人二十面相首次以「電人M」的名稱登場。與以往的二十面相不同，他在郊外廣大的空地上，花費許多工夫建造地下王國，同時指示五十名手下收集華麗的寶石、國寶級的繪畫、雕刻品等，極盡全力盜取世上貴重的美術品，建造二十面相的大美術館，同時對手下坦白說出目的。

地下基地的星際成為月世界旅行的主題樂園。遊客們搭乘火箭，登陸月球表面探討星際的奧祕。傾注全力宣傳以招攬顧客，並且在國內各主要報紙刊登全版廣告。鐵人28號以及像禿頭章魚妖怪的火星人，前往東京各地散發傳單，廣告效益超群。

父親年輕時曾經任職於大阪報社的廣告部，當時可能就產生這方面的構想。

二十面相自稱為電人M，對於祕密基地的偉大電氣機關引以為傲。遠藤博士的兒子治郎看到移動步道、利用電氣使人或動物溶化、並且重新製造出來的場面時，感覺驚訝萬分。展示給少年看的電氣內容，真的是非常高明。

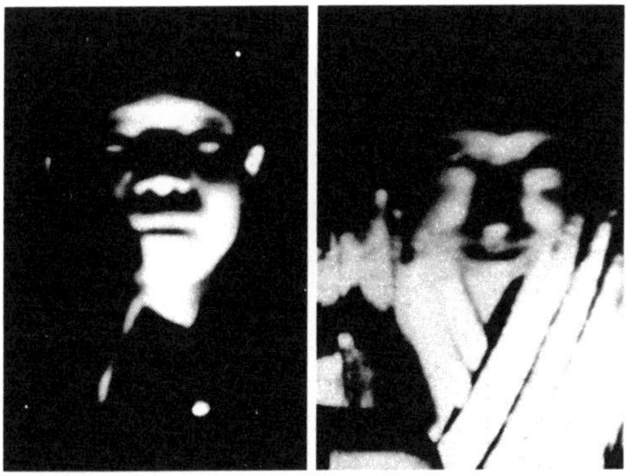

利用一個電燈泡的光線拍攝出來的「有點可怕」的臉部照片。圖右是父親江戶川亂步，圖左是筆者（就讀小學四年級）

此外，在二十面相專用的祕密房間裡，利用一千零一夜故事中出現的「芝麻開門」的密語來開門，則是使用隱藏式麥克風，這也是當時罕見的電氣機關。據說，過去阿拉伯人將芝麻油當成潤滑油，因此開門的密語使用「芝麻開門」。

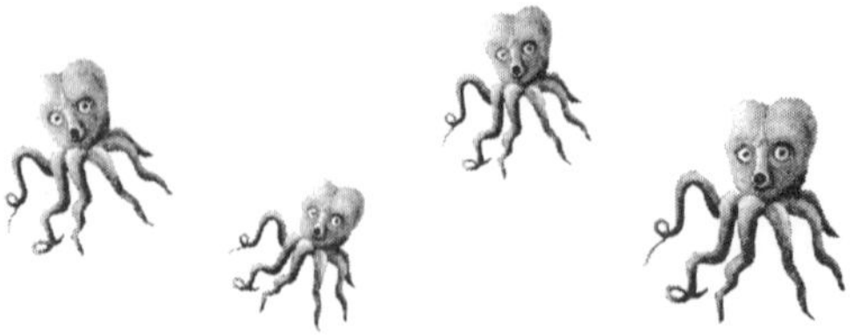

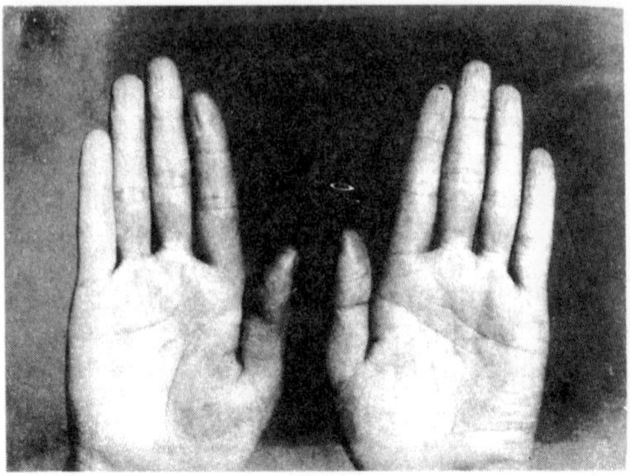

創造出許多傑作的江戶川亂步的手

充分利用電氣技術的二十面相，自稱為電人Ｍ。他聚集手下，對他們說：「我現在不是二十面相，而是電人Ｍ。大家都知道我建造這個大型地下電氣王國的目的。」又說道：「大家也知道我們不僅以地球，而是以全宇宙為對手。」這麼說就有點誇張了。雖說製造了火星人，但這只不過是一種戲法而已，當然不可能與全宇宙為對手。就算是二十面相，為了獲得遠藤博士的發明，也未免太誇大自己的傑作了。

江戶時代有一位名叫平賀源內（一七二八到一七七九年）的奇人。他學習蘭學（江戶時代中期以後由荷蘭傳入日本的西洋學術），在當時擁有豐富的科學知識，因為發明了稱為電的機械而一躍成名。他利用好像手搖車的機械車產生摩擦電，讓手牽著手圍成圓圈的孩子感覺觸電。當孩子們手牽著手時，電氣也在人體流動。

對於不知道電氣原理的當時的人而言，被視為超能力者。能夠自由運用電氣的源內，和本書的主題『電人M』有異曲同功之妙。也許平賀（HIRAGA）就是電人H吧！

電人M，只不過是應用大家都知道的技術，發現事實後就不足為奇了。然而，能夠欺騙對手表示他很厲害。利用大家都知道的技術，卻讓人覺得好像超能力似的，這正是他高明之處。電人M的M字，應該被當成MAGIC的M。

推理小說中有一些禁忌，一旦使用就會失去故事的趣味性。主要是探討還沒有成為常識的科學技術，或是還沒有完成的未來技術等，不能使用超自然的魔法。因此，作品中雖然製造出大型機關，但卻是普通人能夠接受的範圍。

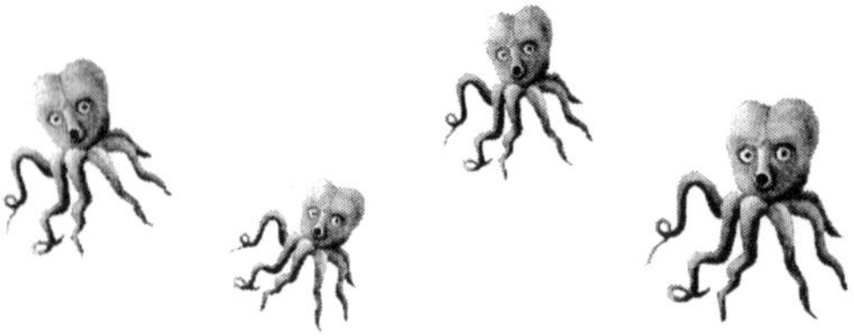

然而，最後遠藤博士的假死粒子卻破壞了這個約定。不過如果不拿出這個東西，恐怕整個事件無法結束，這也是無可奈何之事。

在寫這個作品的時代，報上可能已經開始探討中子炸彈等話題，因此，有關遠藤博士的假死粒子的說法，不能算是完全的超自然魔法，也許可以視為未來技術吧！

## 4　大金塊　特價230元

秘密文件的另一半被盜走了！
那是說明宮瀨礦造爺爺留下的龐大遺產「大金塊」藏匿地點的秘文，
為了取回被奪走的一半秘密文件，而進入竊賊地下指揮部的少年小林，
他所看到的意外事實真相到底是什麼？
名偵探明智解開了謎樣的文章，趕赴島上，取回大金塊。

## 5　青銅魔人　特價230元

在月光的照耀下，赫然出現一張嘴巴裂開如新月型的金屬臉，怪物體內發出齒輪轉動聲。
在半夜偷走鐘錶店裡的懷錶的竊賊，難道就是這個用青銅做成的機械人？
少年小林新組成「青少年機動隊」，為了名偵探明智小五郎，奮鬥不懈。
是否真的能夠掌握青銅魔人的真面目呢？

## 6　地底魔術王　特價230元

在天野勇一所居住的城市裡，搬來了一個奇怪的叔叔。
他在少年們的面前，展現神乎其技的魔術，是一位魔法博士。
他說：「在我所住的洋房裡有『奇異國』。」
有一天，勇一和少年小林造訪洋房。但是就在博士展開魔術表演的舞台上，勇一消失在觀衆的面前。

## 7　透明怪人　特價230元

一名紳士走進城鎮盡頭的磚瓦建築物中。
就在尾隨於其身後的兩名少年的眼前，
這個神秘男子脫掉大衣、襯衫，結果一裡面什麼也沒有。
肉眼看不到的透明怪人出現了，珠寶店和銀行大為震驚。
化裝成人體服裝模特兒的透明怪人出現在百貨公司，引起一陣騷動。

## 8　怪人四十面相　特價230元

幾度從監獄中脫逃的怪盜二十面相，這次改名為「四十面相」，
宣佈要逃獄。
為了查明真相，來到拘留所的明智小五郎，與二十面相見面之後，
為什麼匆忙趕到世界劇場的後台去了呢……
劇場正上演著「透明怪人」事件的戲碼。

## 9　宇宙怪人　特價230元

衆人啊的大叫一聲，屏住呼吸，因為在東京市的大都會銀座上空出現了五個 「在天空飛行的飛碟」。
彷彿來自遙遠星球的世界，擁有蝙蝠翅膀如大蜥蜴般的宇宙怪人降臨。
被在深山登陸的飛碟抓住的木村青年，訴說可怕的體驗，使得全日本，
不，應該說是全世界都陷入大混亂中。

## 10 恐怖的鐵塔王國

特價230元

「我有東西要給你看哦！」
小林少年被轉角處的老人叫住，看到偷窺箱裡竟然有從森林的圓形鐵塔爬下來的巨大獨角仙……。都市裡出現抓小孩的怪物獨角仙。
獨角仙大王所統治的恐怖鐵塔王國，到底在日本的哪個地方呢？

---

## 11 灰色巨人

特價230元

從百貨公司的寶石展覽會中竊取珍珠的美術品，
然後抓住廣告汽球朝天空逃逸。但是逮到犯人之後，一看……。
綽號「灰色巨人」的怪人，這次盜走了「彩虹皇冠」。
尾隨怪盜而來的少年偵探團，來到一個馬戲團的大帳棚中。
奇妙的竊賊難道躲到裡面去了嗎？

---

## 12 海底魔術師

特價230元

身上覆蓋著鐵製的鱗片，好像鱷魚一般的尾巴……
在黑暗的海底，有著好像黑色人魚的兩個綠色眼睛的怪物。
爬在地上的怪物想要奪走小鐵盒。
交到明智偵探手中的小鐵盒，隱藏著載有金塊的沉船秘密！

---

## 13 黃金豹

特價230元

屋頂出現了金色的影子，
在月光的照射下，劃破了深夜的黑暗，
全身閃耀著黃金般光芒的豹出現在街上。
襲擊銀座的寶石商、吞掉寶石的豹，突然轉身逃走，像煙一般消失了。
夢幻怪獸到底是什麼東西？

---

## 14 魔法博士

特價230元

少年偵探團中有兩名好搭檔，他們是井上和阿呂。
看到「活動電影院」之後，一直跟隨活動電影院的兩人，
漸漸進入無人的森林中。
擋在面前的，竟然是可怕的黑影……。
等待著兩人的，是黃金怪人「魔法博士」意想不到的策略。

---

## 15 馬戲怪人

特價230元

熱鬧的「豪華馬戲團」公演時，突然出現了可怕的慘叫聲。
觀衆全都回頭看。
在貴賓席黑暗的角落看到白色骷髏的影子！
攻擊馬戲團團長笠原先生一家人的骷髏男的模樣奇怪。
沒有人知道的大秘密，經由明智偵探及少年偵探團的推理而解開謎團。

## 16 魔人銅鑼 特價230元

「噹⋯⋯噹⋯⋯噹⋯⋯」空中傳來宛如教會鐘聲般的聲響，不禁抬頭一看。
結果，發現整個空中出現一張惡魔的臉。
巨大的惡魔正露出尖牙笑著。難道這是神奇事件的前兆⋯⋯。
惡魔的神奇預言出現了。明智偵探的新少女助手小植即將遭遇危險。

## 17 魔法人偶 特價230元

「我很喜歡留身哦！和我玩吧！」
和神奇的腹語術小男孩人偶相處得很好的留身，跟隨著小男孩和
白鬍子老爺爺到人偶屋去。
迎接他們的是美麗的姊姊，這位穿著長袖和服、名叫紅子的人偶，
看起來就好像活生生的真人一樣這是假扮成腹語術師的老爺爺的魔術。

## 18 奇面城的秘密 特價230元

又是四十面相下的挑戰書。他這一次想要得到的是倫勃朗的油畫。
名偵探明智小五郎自信滿滿的等待對手的出現。
怪人四十面相將如何穿過層層的警衛溜進對手的家中呢？
到了預告日的夜晚，空無一人的美術室中傳出『啪一啪一』的聲響。
大石膏竟然會動，啊！裂開了！

## 19 夜光人 特價230元

七名少年一起前往一片漆黑的森林。
今天晚上，少年偵探團將舉行「試膽會」。
走在最前方的井上來到森林深處時，突然發現了奇怪的東西。——是鬼火嗎？不！一團白色、圓形的東西，卻有兩顆好像燃燒著火焰的紅色眼睛⋯⋯。閃耀銀色光輝、好像妖怪般的頭，竟然張開大嘴攻擊團員們！

## 20 塔上的魔術師 特價230元

在荒涼的原野上，有一棟古老、磚造的鐘屋。
聳立的鐘塔屋頂上有影子在移動⋯⋯。
少女偵探小植和另外兩名少女一直看著這個奇怪的景象。
三位少女看到的，是一位披著黑色披風、蓬鬆的頭上長著兩隻角的蝙蝠人。

## 21 鐵人Q 特價230元

老科學家終於完成偉大的發明。
他特別讓北見少年去看看這個具有聰明頭腦的機器人，一個和人類一模一樣的「鐵人Q」。
沒想到鐵人竟然突然不聽使喚，意外的逃出實驗室。
Q逃入巷道之後，開始展現奇怪的行動。被擄走的小女孩到底在哪裡？

## 22 假面恐怖王

特價230元

有馬家的洋房傳出有戴著鐵假面具的男子偷偷潛入。
名偵探明智小五郎在接到通知後火速趕到，但卻遭人從背後攻擊。
當他醒來後，發現自己在一個沒有窗戶的奇怪小房間內…。
明智偵探真的被壞蛋抓走了嗎？
在想要脫逃的名偵探和「恐怖王」之間，一場鬥智即將展開。

## 23 電人M

特價230元

在東京塔的塔頂上，纏繞著一個軟趴趴的禿頭妖怪，
好像戴著鐵環、沒有臉的機器人。
怪人「電人M」在全國各地留下謎團。
「到月世界旅行吧」到底意味什麼？
電人M竟然打電話給小林少年……！

## 24 二十面相的詛咒

特價230元

在古代研究室的一個房間裡，發生了離奇事件。
緊閉的研究室內，一名研究生突然消失！而房間內正巧擺著有詛咒傳說的古代埃及捲軸……。明智偵探決定來此解開密室之謎。
然而，就在小林少年監視埃及房間內的某個晚上，
半夜裡竟然發生了不可思議的怪事。

## 25 飛天二十面相

特價230元

拖著長長光尾巴的R彗星接近了！
如果彗星撞上地球該怎麼辦——全世界陷入一片大恐慌。
有一天，在千葉縣的海邊，別所次郎看到可怕的東西。
從石頭山爬出來一大群的螃蟹。
接著，出現在海面上的是來自R彗星的螃蟹怪人。

## 26 黃金怪獸

特價230元

「我是扒手嗎？」
根本不記得自己做過扒手，玉村銀一感到十分震驚。難道是和自己長得一模一樣的冒牌貨為非作歹嗎？銀一周遭陸續出現和他長相完全一樣的冒牌貨。
包括寶石店的玉村一家、美術店的白井一家，甚至連小林少年也……。
尼可拉博士的可怕陰謀！

大展出版社有限公司
品冠文化出版社

地址：台北市北投區（石牌）致遠一路二段 12 巷 1 號
電話：(02) 28236031
28236033
郵撥：01669551＜大展＞
傳真：(02) 28272069

# 圖書目錄

## ・生 活 廣 場・品冠編號 61

| | | | |
|---|---|---|---|
| 1. | 366 天誕生星 | 李芳黛譯 | 280 元 |
| 2. | 366 天誕生花與誕生石 | 李芳黛譯 | 280 元 |
| 3. | 科學命相 | 淺野八郎著 | 220 元 |
| 4. | 已知的他界科學 | 陳蒼杰譯 | 220 元 |
| 5. | 開拓未來的他界科學 | 陳蒼杰譯 | 220 元 |
| 6. | 世紀末變態心理犯罪檔案 | 沈永嘉譯 | 240 元 |
| 7. | 366 天開運年鑑 | 林廷宇編著 | 230 元 |
| 8. | 色彩學與你 | 野村順一著 | 230 元 |
| 9. | 科學手相 | 淺野八郎著 | 230 元 |
| 10. | 你也能成為戀愛高手 | 柯富陽編著 | 220 元 |
| 11. | 血型與十二星座 | 許淑瑛編著 | 230 元 |
| 12. | 動物測驗—人性現形 | 淺野八郎著 | 200 元 |
| 13. | 愛情、幸福完全自測 | 淺野八郎著 | 200 元 |
| 14. | 輕鬆攻佔女性 | 趙奕世編著 | 230 元 |
| 15. | 解讀命運密碼 | 郭宗德著 | 200 元 |
| 16. | 由客家了解亞洲 | 高木桂藏著 | 220 元 |

## ・女醫師系列・品冠編號 62

| | | | |
|---|---|---|---|
| 1. | 子宮內膜症 | 國府田清子著 | 200 元 |
| 2. | 子宮肌瘤 | 黑島淳子著 | 200 元 |
| 3. | 上班女性的壓力症候群 | 池下育子著 | 200 元 |
| 4. | 漏尿、尿失禁 | 中田真木著 | 200 元 |
| 5. | 高齡生產 | 大鷹美子著 | 200 元 |
| 6. | 子宮癌 | 上坊敏子著 | 200 元 |
| 7. | 避孕 | 早乙女智子著 | 200 元 |
| 8. | 不孕症 | 中村春根著 | 200 元 |
| 9. | 生理痛與生理不順 | 堀口雅子著 | 200 元 |
| 10. | 更年期 | 野末悅子著 | 200 元 |

## ・傳統民俗療法・品冠編號 63

| | | | |
|---|---|---|---|
| 1. | 神奇刀療法 | 潘文雄著 | 200 元 |

| | | | |
|---|---|---|---|
| 2. 神奇拍打療法 | | 安在峰著 | 200 元 |
| 3. 神奇拔罐療法 | | 安在峰著 | 200 元 |
| 4. 神奇艾灸療法 | | 安在峰著 | 200 元 |
| 5. 神奇貼敷療法 | | 安在峰著 | 200 元 |
| 6. 神奇薰洗療法 | | 安在峰著 | 200 元 |
| 7. 神奇耳穴療法 | | 安在峰著 | 200 元 |
| 8. 神奇指針療法 | | 安在峰著 | 200 元 |
| 9. 神奇藥酒療法 | | 安在峰著 | 200 元 |
| 10. 神奇藥茶療法 | | 安在峰著 | 200 元 |
| 11. 神奇推拿療法 | | 張貴荷著 | 200 元 |
| 12. 神奇止痛療法 | | 漆 浩 著 | 200 元 |

## ・彩色圖解保健・品冠編號 64

| | | |
|---|---|---|
| 1. 瘦身 | 主婦之友社 | 300 元 |
| 2. 腰痛 | 主婦之友社 | 300 元 |
| 3. 肩膀痠痛 | 主婦之友社 | 300 元 |
| 4. 腰、膝、腳的疼痛 | 主婦之友社 | 300 元 |
| 5. 壓力、精神疲勞 | 主婦之友社 | 300 元 |
| 6. 眼睛疲勞、視力減退 | 主婦之友社 | 300 元 |

## ・心 想 事 成・品冠編號 65

| | | |
|---|---|---|
| 1. 魔法愛情點心 | 結城莫拉著 | 120 元 |
| 2. 可愛手工飾品 | 結城莫拉著 | 120 元 |
| 3. 可愛打扮 & 髮型 | 結城莫拉著 | 120 元 |
| 4. 撲克牌算命 | 結城莫拉著 | 120 元 |

## ・少 年 偵 探・品冠編號 66

| | | | |
|---|---|---|---|
| 1. 怪盜二十面相 | （精） | 江戶川亂步著 | 特價 189 元 |
| 2. 少年偵探團 | （精） | 江戶川亂步著 | 特價 189 元 |
| 3. 妖怪博士 | （精） | 江戶川亂步著 | 特價 189 元 |
| 4. 大金塊 | （精） | 江戶川亂步著 | 特價 230 元 |
| 5. 青銅魔人 | （精） | 江戶川亂步著 | 特價 230 元 |
| 6. 地底魔術王 | （精） | 江戶川亂步著 | 特價 230 元 |
| 7. 透明怪人 | （精） | 江戶川亂步著 | 特價 230 元 |
| 8. 怪人四十面相 | （精） | 江戶川亂步著 | 特價 230 元 |
| 9. 宇宙怪人 | （精） | 江戶川亂步著 | 特價 230 元 |
| 10. 恐怖的鐵塔王國 | （精） | 江戶川亂步著 | 特價 230 元 |
| 11. 灰色巨人 | （精） | 江戶川亂步著 | 特價 230 元 |
| 12. 海底魔術師 | （精） | 江戶川亂步著 | 特價 230 元 |
| 13. 黃金豹 | （精） | 江戶川亂步著 | 特價 230 元 |
| 14. 魔法博士 | （精） | 江戶川亂步著 | 特價 230 元 |

15. 馬戲怪人 （精） 江戶川亂步著 特價 230 元
16. 魔人銅鑼 （精） 江戶川亂步著 特價 230 元
17. 魔法人偶 （精） 江戶川亂步著 特價 230 元
18. 奇面城的秘密 （精） 江戶川亂步著 特價 230 元
19. 夜光人 （精） 江戶川亂步著 特價 230 元
20. 塔上的魔術師 （精） 江戶川亂步著 特價 230 元
21. 鐵人Q （精） 江戶川亂步著 特價 230 元
22. 假面恐怖王 （精） 江戶川亂步著
23. 電人M （精） 江戶川亂步著
24. 二十面相的詛咒 （精） 江戶川亂步著
25. 飛天二十面相 （精） 江戶川亂步著
26. 黃金怪獸 （精） 江戶川亂步著

## ・熱 門 新 知・品冠編號 67

1. 圖解基因與 DNA （精） 中原英臣 主編 230 元
2. 圖解人體的神奇 （精） 米山公啟 主編 230 元
3. 圖解腦與心的構造 （精） 永田和哉 主編 230 元
4. 圖解科學的神奇 （精） 鳥海光弘 主編 230 元
5. 圖解數學的神奇 （精） 柳 谷 晃 著

## 法律專欄連載・大展編號 58

台大法學院 法律學系／策劃
法律服務社／編著

1. 別讓您的權利睡著了(1) 200 元
2. 別讓您的權利睡著了(2) 200 元

## ・武 術 特 輯・大展編號 10

1. 陳式太極拳入門 馮志強編著 180 元
2. 武式太極拳 郝少如編著 200 元
3. 練功十八法入門 蕭京凌編著 120 元
4. 教門長拳 蕭京凌編著 150 元
5. 跆拳道 蕭京凌編譯 180 元
6. 正傳合氣道 程曉鈴譯 200 元
7. 圖解雙節棍 陳銘遠著 150 元
8. 格鬥空手道 鄭旭旭編著 200 元
9. 實用跆拳道 陳國榮編著 200 元
10. 武術初學指南 李文英、解守德編著 250 元
11. 泰國拳 陳國榮著 180 元
12. 中國式摔跤 黃 斌編著 180 元
13. 太極劍入門 李德印編著 180 元
14. 太極拳運動 運動司編 250 元

| | | | |
|---|---|---|---|
| 15. | 太極拳譜 | 清・王宗岳等著 | 280 元 |
| 16. | 散手初學 | 冷　峰編著 | 200 元 |
| 17. | 南拳 | 朱瑞琪編著 | 180 元 |
| 18. | 吳式太極劍 | 王培生著 | 200 元 |
| 19. | 太極拳健身與技擊 | 王培生著 | 250 元 |
| 20. | 秘傳武當八卦掌 | 狄兆龍著 | 250 元 |
| 21. | 太極拳論譚 | 沈　壽著 | 250 元 |
| 22. | 陳式太極拳技擊法 | 馬　虹著 | 250 元 |
| 23. | 二十四式/三十二式太極拳/劍 | 闞桂香著 | 180 元 |
| 24. | 楊式秘傳 129 式太極長拳 | 張楚全著 | 280 元 |
| 25. | 楊式太極拳架詳解 | 林炳堯著 | 280 元 |
| 26. | 華佗五禽劍 | 劉時榮著 | 180 元 |
| 27. | 太極拳基礎講座：基本功與簡化 24 式 | 李德印著 | 250 元 |
| 28. | 武式太極拳精華 | 薛乃印著 | 200 元 |
| 29. | 陳式太極拳拳理闡微 | 馬　虹著 | 350 元 |
| 30. | 陳式太極拳體用全書 | 馬　虹著 | 400 元 |
| 31. | 張三豐太極拳 | 陳占奎著 | 200 元 |
| 32. | 中國太極推手 | 張　山主編 | 300 元 |
| 33. | 48 式太極拳入門 | 門惠豐編著 | 220 元 |
| 34. | 太極拳奇人奇功 | 嚴翰秀編著 | 250 元 |
| 35. | 心意門秘籍 | 李新民編著 | 220 元 |
| 36. | 三才門乾坤戊己功 | 王培生編著 | 220 元 |
| 37. | 武式太極劍精華 +VCD | 薛乃印編著 | 350 元 |
| 38. | 楊式太極拳 | 傅鐘文演述 | 200 元 |
| 39. | 陳式太極拳、劍 36 式 | 闞桂香編著 | 250 元 |
| 40. | 正宗武式太極拳 | 薛乃印著 | 220 元 |
| 41. | 杜元化＜太極拳正宗＞考析 | 王海洲等著 | 300 元 |
| 42. | ＜珍貴版＞陳式太極拳 | 沈家楨著 | 280 元 |
| 43. | 24 式太極拳＋VCD | 中國國家體育總局著 | 350 元 |
| 44. | 太極推手絕技 | 安在峰編著 | 250 元 |
| 45. | 孫祿堂武學錄 | 孫祿堂著 | 300 元 |
| 46. | ＜珍貴本＞陳式太極拳精選 | 馮志強著 | 280 元 |
| 47. | 武當趙保太極拳小架 | 鄭悟清傳授 | 250 元 |
| 48. | 太極拳習練知識問答 | 邱丕相主編 | 220 元 |

## ・原地太極拳系列・大展編號 11

| | | | |
|---|---|---|---|
| 1. | 原地綜合太極拳 24 式 | 胡啟賢創編 | 220 元 |
| 2. | 原地活步太極拳 42 式 | 胡啟賢創編 | 200 元 |
| 3. | 原地簡化太極拳 24 式 | 胡啟賢創編 | 200 元 |
| 4. | 原地太極拳 12 式 | 胡啟賢創編 | 200 元 |
| 5. | 原地青少年太極拳 22 式 | 胡啟賢創編 | 200 元 |

## ・名師出高徒・大展編號 111

| | | | |
|---|---|---|---|
| 1. | 武術基本功與基本動作 | 劉玉萍編著 | 200 元 |
| 2. | 長拳入門與精進 | 吳彬　等著 | 220 元 |
| 3. | 劍術刀術入門與精進 | 楊柏龍等著 | 220 元 |
| 4. | 棍術、槍術入門與精進 | 邱丕相編著 | 220 元 |
| 5. | 南拳入門與精進 | 朱瑞琪編著 | 220 元 |
| 6. | 散手入門與精進 | 張　山等著 | 220 元 |
| 7. | 太極拳入門與精進 | 李德印編著 | 280 元 |
| 8. | 太極推手入門與精進 | 田金龍編著 | 220 元 |

## ・實用武術技擊・大展編號 112

| | | | |
|---|---|---|---|
| 1. | 實用自衛拳法 | 溫佐惠　著 | 250 元 |
| 2. | 搏擊術精選 | 陳清山等著 | 220 元 |
| 3. | 秘傳防身絕技 | 程崑彬　著 | 230 元 |
| 4. | 振藩截拳道入門 | 陳琦平　著 | 220 元 |
| 5. | 實用擒拿法 | 韓建中　著 | 220 元 |
| 6. | 擒拿反擒拿 88 法 | 韓建中　著 | 250 元 |

## ・中國武術規定套路・大展編號 113

| | | | |
|---|---|---|---|
| 1. | 螳螂拳 | 中國武術系列 | 300 元 |
| 2. | 劈掛拳 | 規定套路編寫組 | 300 元 |
| 3. | 八極拳 | | |

## ・中華傳統武術・大展編號 114

| | | | |
|---|---|---|---|
| 1. | 中華古今兵械圖考 | 裴錫榮 主編 | 280 元 |
| 2. | 武當劍 | 陳湘陵 編著 | 200 元 |
| 3. | 梁派八卦掌（老八掌） | 李子鳴 遺著 | 220 元 |
| 4. | 少林 72 藝與武當 36 功 | 裴錫榮 主編 | 230 元 |
| 5. | 三十六把擒拿 | 佐藤金兵衛 主編 | 200 元 |
| 6. | 武當太極拳與盤手 20 法 | 裴錫榮 主編 | 元 |

## ・少 林 功 夫・大展編號 115

| | | | |
|---|---|---|---|
| 1. | 少林打擂秘訣 | 德虔、素法 編著 | 300 元 |
| 2. | 少林三大名拳 炮拳、大洪拳、六合拳 | 門惠豐 等著 | 200 元 |
| 3. | 少林三絕 氣功、點穴、擒拿 | 德虔 編著 | 300 元 |

## ・道 學 文 化・大展編號 12

| | | | |
|---|---|---|---|
| 1. | 道在養生：道教長壽術 | 郝勤 等著 | 250 元 |

| | | | |
|---|---|---|---|
| 2. | 龍虎丹道：道教內丹術 | 郝勤　著 | 300 元 |
| 3. | 天上人間：道教神仙譜系 | 黃德海著 | 250 元 |
| 4. | 步罡踏斗：道教祭禮儀典 | 張澤洪著 | 250 元 |
| 5. | 道醫窺秘：道教醫學康復術 | 王慶餘等著 | 250 元 |
| 6. | 勸善成仙：道教生命倫理 | 李　剛著 | 250 元 |
| 7. | 洞天福地：道教宮觀勝境 | 沙銘壽著 | 250 元 |
| 8. | 青詞碧簫：道教文學藝術 | 楊光文等著 | 250 元 |
| 9. | 沈博絕麗：道教格言精粹 | 朱耕發等著 | 250 元 |

## ·易學智慧·大展編號 122

| | | | |
|---|---|---|---|
| 1. | 易學與管理 | 余敦康主編 | 250 元 |
| 2. | 易學與養生 | 劉長林等著 | 300 元 |
| 3. | 易學與美學 | 劉綱紀等著 | 300 元 |
| 4. | 易學與科技 | 董光壁著 | 280 元 |
| 5. | 易學與建築 | 韓增祿著 | 280 元 |
| 6. | 易學源流 | 鄭萬耕著 | 280 元 |
| 7. | 易學的思維 | 傅雲龍等著 | 250 元 |
| 8. | 周易與易圖 | 李　申著 | 250 元 |
| 9. | 易學與佛教 | 王仲堯著 | 元 |

## ·神算大師·大展編號 123

| | | | |
|---|---|---|---|
| 1. | 劉伯溫神算兵法 | 應　涵編著 | 280 元 |
| 2. | 姜太公神算兵法 | 應　涵編著 | 280 元 |
| 3. | 鬼谷子神算兵法 | 應　涵編著 | 280 元 |
| 4. | 諸葛亮神算兵法 | 應　涵編著 | 280 元 |

## ·命理與預言·大展編號 06

| | | | |
|---|---|---|---|
| 1. | 12 星座算命術 | 訪星珠著 | 200 元 |
| 2. | 中國式面相學入門 | 蕭京凌編著 | 180 元 |
| 3. | 圖解命運學 | 陸明編著 | 200 元 |
| 4. | 中國秘傳面相術 | 陳炳崑編著 | 180 元 |
| 5. | 13 星座占星術 | 馬克·矢崎著 | 200 元 |
| 6. | 命名彙典 | 水雲居士編著 | 180 元 |
| 7. | 簡明紫微斗術命運學 | 唐龍編著 | 220 元 |
| 8. | 住宅風水吉凶判斷法 | 琪輝編譯 | 180 元 |
| 9. | 鬼谷算命秘術 | 鬼谷子著 | 200 元 |
| 10. | 密教開運咒法 | 中岡俊哉著 | 250 元 |
| 11. | 女性星魂術 | 岩滿羅門著 | 200 元 |
| 12. | 簡明四柱推命學 | 呂昌釧編著 | 230 元 |
| 13. | 手相鑑定奧秘 | 高山東明著 | 200 元 |
| 14. | 簡易精確手相 | 高山東明著 | 200 元 |

| | | |
|---|---|---|
| 15. 13 星座戀愛占卜 | 彤雲編譯組 | 200 元 |
| 16. 女巫的咒法 | 柯素娥譯 | 230 元 |
| 17. 六星命運占卜學 | 馬文莉編著 | 230 元 |
| 18. 簡明易占學 | 黃曉崧編著 | 230 元 |
| 19. Ａ血型與十二生肖 | 鄒雲英編譯 | 90 元 |
| 20. Ｂ血型與十二生肖 | 鄒雲英編譯 | 90 元 |
| 21. Ｏ血型與十二生肖 | 鄒雲英編譯 | 100 元 |
| 22. ＡＢ血型與十二生肖 | 鄒雲英編譯 | 90 元 |
| 23. 筆跡占卜學 | 周子敬著 | 220 元 |
| 24. 神秘消失的人類 | 林達中譯 | 80 元 |
| 25. 世界之謎與怪談 | 陳炳崑譯 | 80 元 |
| 26. 符咒術入門 | 柳玉山人編 | 150 元 |
| 27. 神奇的白符咒 | 柳玉山人編 | 160 元 |
| 28. 神奇的紫符咒 | 柳玉山人編 | 200 元 |
| 29. 秘咒魔法開運術 | 吳慧鈴編譯 | 180 元 |
| 30. 諾米空秘咒法 | 馬克・矢崎編著 | 220 元 |
| 31. 改變命運的手相術 | 鐘文訓著 | 120 元 |
| 32. 黃帝手相占術 | 鮑黎明著 | 230 元 |
| 33. 惡魔的咒法 | 杜美芳譯 | 230 元 |
| 34. 腳相開運術 | 王瑞禎譯 | 130 元 |
| 35. 面相開運術 | 許麗玲譯 | 150 元 |
| 36. 房屋風水與運勢 | 邱震睿編譯 | 200 元 |
| 37. 商店風水與運勢 | 邱震睿編譯 | 200 元 |
| 38. 諸葛流天文遁甲 | 巫立華譯 | 150 元 |
| 39. 聖帝五龍占術 | 廖玉山譯 | 180 元 |
| 40. 萬能神算 | 張助馨編著 | 120 元 |
| 41. 神秘的前世占卜 | 劉名揚譯 | 150 元 |
| 42. 諸葛流奇門遁甲 | 巫立華譯 | 150 元 |
| 43. 諸葛流四柱推命 | 巫立華譯 | 180 元 |
| 44. 室內擺設創好運 | 小林祥晃著 | 200 元 |
| 45. 室內裝潢開運法 | 小林祥晃著 | 230 元 |
| 46. 新・大開運吉方位 | 小林祥晃著 | 200 元 |
| 47. 風水的奧義 | 小林祥晃著 | 200 元 |
| 48. 開運風水收藏術 | 小林祥晃著 | 200 元 |
| 49. 商場開運風水術 | 小林祥晃著 | 200 元 |
| 50. 骰子開運易占 | 立野清隆著 | 250 元 |
| 51. 四柱推命愛情運 | 李芳黛譯 | 220 元 |
| 52. 風水開運飲食法 | 小林祥晃著 | 200 元 |
| 53. 最新簡易手相 | 小林八重子著 | 220 元 |
| 54. 最新占術大全 | 高平鳴海著 | 300 元 |
| 55. 庭園開運風水 | 小林祥晃著 | 220 元 |
| 56. 人際關係風水術 | 小林祥晃著 | 220 元 |
| 57. 愛情速配指數解析 | 彤雲編著 | 200 元 |
| 58. 十二星座論愛情 | 童筱允編著 | 200 元 |

# 一億人閱讀的暢銷書！

## 4 ～ 26 集　定價300元　特價230元

.大金塊 | 5.青銅怪人 | 6.地底魔術王 | 7.透明怪人 | 8.怪人四十面相 | 9.宇宙怪人

恐怖的鐵塔王國 | 11.灰色巨人 | 12.海底魔術師 | 13.黃金豹 | 14.魔法博士 | 15.馬戲怪人

.魔人剛果 | 17.魔法人偶 | 18.奇面城的秘密 | 19.夜光人 | 20.塔上的魔術師 | 21.鐵人Q

假面恐怖王 | 23.電人M | 24.二十面相的詛咒 | 25.飛天二十面相 | 26.黃金怪獸

品冠文化出版社

地址：臺北市北投區
致遠一路二段十二巷一號
電話：〈02〉28233123
郵政劃撥：19346241